"만나서 반가워. 이웃 군."

"만나서 반가워요. 이웃 씨."

미츠루기에게는 3번째인 '첫 만남 인사'였다.

히무로의
엑센트릭 박스

"우리 엑센트릭 박스의 제1 욕구는
희생물에게서 요소를 얻는 것이거든."

"잘 들어. 이건 예언
나라는 악을 배저
당신은 내게 계속 소

"그럼 노오토의 슬픔을 가

"그래. 이러면 마음

작은 소녀의 작은 두 손이 소년의

네.

갈등도 줄겠지.

감싸고.

──두 사람은

애정 없는 입맞춤을 나누었다.

그리고 미츠루기의 인간성은
하나 더 엑센트릭 박스에 담겼다.

마치 인간 같아, 루시
1

제로마니 지음 | **유키사메** 일러스트 | **고나현** 옮김

contents

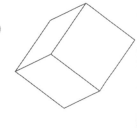

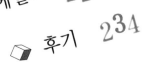

커버 및 본문 일러스트 유키사메

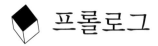

프롤로그

희생물이 오르막길을 뛰어 올라간다. 허리춤에 찬 새빨간 파우치를 흔들며.

경사가 급격한 산길. 몇 년전에 버려져서 색이 바랜 경트럭 사이드미러를 잡고서 화려하게 턴.

미츠루기 노오토는 공터에 섰다.

모래와 흙과 잡초로 덮인 해안 인근 공터. 희미하게 들리던 파도 소리를 지우듯 강하게 미츠루기는 말했다.

"그 아이를 놔 줘."

한낮의 공터 한가운데에서 악행이 벌어지고 있었다.

덤프차처럼 큰 덩치를 가진 남자와 토관처럼 굵은 팔을 가진 남자와 폭포처럼 땀을 흘리는 남자에게 한 소녀가 둘러싸여 있었다.

머리카락은 은색. 눈동자는 보랏빛. 높은 코와 도톰하게 부푼 입술. 일본인과는 거리가 있는 단정한 얼굴 생김새. 새하얀 원피스는 그녀의 살을 과도하게 노출했고, 여름날 짐승의 본능을 강하게 사로잡았다.

"뭐야, 꼬맹아? 한창 즐거워지려는 참인데, 그걸 방해하려고?"

덤프차가 으르렁거린다.

"괜한 정의감은 자멸의 지름길이야."

토관이 맞섰다.

"마마마, 맞, 맞소! 게게게게, 게다가 무언인가 착각하는 것 같소만! 우리는 딱히 대낮부터 이 여자한테 떠떠떠떠, 떳떳지 못한 짓을 하려던 게——."

폭포가 흐른다.

"한 사람한테 셋이서 달려들다니 너무하지 않나? 게다가 이렇게 탁 트인 곳에서."

미츠루기는 정의를 따른다.

"내가 너를 도울게."

자신이 차고 넘치는 언동은 그의 신념과 직결해 있었다.

"부탁드려요!"

"앗, 이봐!"

남자들에게 에워싸여 있던 소녀는 능숙하게 포위망을 빠져나가, 도중에 벗겨진 한쪽 스니커는 신경조차 쓰지 않고 미츠루기를 의지했다. 작은 몸으로 미츠루기의 품에 뛰어들어 고개를 묻고는 울며 매달린다.

"도와주세요……. 저 사람들이, 절 보고 몰려들더니……. 외설적인 말을 잔뜩 퍼부었어요……."

"그래, 알겠어."

부드럽게 머리를 쓰다듬으면서 미츠루기는 소녀를 뒤로 숨겼다.

"이봐, 꼬맹이. 네가 이길 수 있는 상대냐?"

덤프차가 계속해서 으르렁거린다.

"이 세상에 태어난 지 30년. 나는 싸움에 져본 적이 없거든. 꼬맹아, 너는 아니지? 덩치를 보면 알아."

중간쯤 되는 키에 알맞은 덩치. 굳이 따지자면 살은 희다. 머리

카락은 아무렇게 자라게 둔 느낌이다. 그런 머리카락에 가려져 보이지 않는 눈에 째려보기를 그만둔 남자들 셋은 빠르게 미츠루기를 에워쌌다.

"하지만 뭐, 정의감의 대가는 몸으로 톡톡히 치러줘야지."

토관 같은 팔이 레몬 옐로색으로 물들인 티셔츠를 움켜쥐더니 공중으로 번쩍 들어 올렸다.

"따, 따따, 따따딱히 그쪽 취향은 아니오만!"

미츠루기의 뒤에서 폭포수처럼 쏟아지는 땀이 메마른 땅을 적셨다.

"……확실히 지금의 나는 이길 수 없지."

자조하듯 코웃음을 치는 미츠루기다.

"이제 와서 후회해 봐야 늦었거든?"

"후회 따위는 안 해."

미츠루기는 뒷손으로 파우치를 열었다. 꺼낸 것은 다양한 색채를 가진 입방체다.

가로세로 20cm인, 빛을 받는 방향에 따라 삼원색으로도 무지개색으로도, 그 이상으로도 보이는 입방체. 너무 선명해서, 색이 한 면 전부에 마구 뒤섞여 있어서 결코 예뻐 보이지는 않는 입방체.

미츠루기는 그 입방체를 힘껏 하늘로 던졌다.

"이 녀석들을 해치워! 엑센트릭 박스!"

그 순간, 입방체는 바로 위에 떠오른 태양과 포개졌고 강렬한 한 가닥의 섬광이 푸른 하늘을 갈랐다.

세상을 눈부신 빛이 감쌌다.

"뭐야, 이건?!"

"눈부셔!!"

"어버버버버버버!!"

세 사람이 아우성치는 사이에 빛은 잦아들고, 잠깐의 정적이 찾아들었다.

입방체는 여전히 공중에 떠 있다.

그리고 그곳에 있는 전원의 시선이 다시 입방체로 집중됐을 때, 그것은 '전개'했다.

여섯 면은 우선 평면으로서 펼쳐지고, 이어서 한 면씩 면적을 펼쳤다. 이차원적인 확장을 마치자 확대는 삼차원적으로 진행되었고, 면적은 체적이 되었다. 여섯 개의 직방체는 공중에서 나선을 그리며 교차하고 복잡하게 휘감겼다.

그렇게 해서 포개지고 이어진 직방체는 탄력과 유연함을 띠었고, 어느새 '그것'은 하나의 인간을 모방했다.

어떤 직방체는 팔이 되어 기능하고, 어떤 직방체는 다리가 되어 움직이며, 어떤 입방체는 몸통으로 존재하고, 어떤 입방체는 어린 소녀의 얼굴로 변해 웃었다.

"스크램블, 등장!"

동그스름한 사지를 대(大)자로 힘껏 펼친 소녀 모양의 박스가 후광을 받았다.

변성기도 오지 않은, 높고 쭉쭉 뻗어나가는 씩씩한 목소리가 지상에 있는 인간들에게 쏟아졌다.

입을 쩍 벌린 남자 셋을 두고, 그녀는 둥실둥실 공중을 헤엄쳤다.

추정 키는 130cm. 체중은 30kg. 초등학교 여자 하나분이다.

몸통이 된 박스는 동시에 양복의 모양을 띠었고, 보는 사람에 따라서 그 색은 오렌지와 스카이블루일 때가 있고 황색과 핑크바이올렛일 때가 있고, 인디고와 오라쥬일 때가 있었다. 다만 누구에게든 그 옷은 일관되게 파카와 피시테일 스커트로 보였다. 발끝은 스니커로 전개되어 있다. 스커트 속의 그늘진 부분은 아무리 엿봐도 암흑이었다.

한편 신기하게도 소녀──, 스크램블의 안면은 부위부터 색소, 질감까지 정교한 소녀로서 구축되어 있었고, 바로 지금 실현되고 있는 공중부양과 조금 전에 있었던 기하학적 탄생만 아니었더라면, 아마 그쪽 취향을 선호하는 인간에게는 절호의 상대였을 것이다.

커다란 금색 눈은 생명의 빛을 밝혔고, 윤곽이 또렷한 콧날은 그녀가 성장한 이후의 미모를 보증하고 있다. 항상 다소 오므라들어 있는 오리 입에서는 북풍을 모방한 휘파람 소리가 울려 퍼졌고, 탄력 있고 쫀쫀한 피부를 대표해 볼주머니는 부풀어 있었다. 둥그스름한 귀 옆에서 금색 머리카락이 바람에 나부낀다.

"대가는 슬픔인데?"

미츠루기의 정면까지 표류해온 스크램블이 자그마한 중지와 엄지를 딱 튕겼다.

미츠루기는 "뭐야, 그런 거야?"라면서 코웃음을 쳤다.

"그래. 그건 나한테 필요 없는 것이야."

"그래!"

스크램블은 기쁘다는 듯 싱긋 웃더니, 그 후로 가뿐히 공터에 착지했다. 잠깐 스커트 앞이 걷히고 미츠루기가 본 속옷은 일곱 가지 색의 스트라이프 무늬였다.

"잠깐 실례할게."

스크램블은 "에잇" 하고 남자의 굵은 팔에 춉을 날렸다. 아직도 명해 있는 남자는 맥없이 미츠루기를 놓고야 말았다. 미츠루기는 낡은 티셔츠를 매만지며 헛기침했다.

거기서 겨우 정신을 차린 세 사람은 일제히 규탄하는 허세와 두려움의 말을 늘어놓으며 이분자를 배제하려 했다.

그러나 다음 순간, 그것들은 모두 그들의 위로 역류하게 됐다.

스크램블이 밝은 다갈색 오른팔을 거둬들였다. 오른팔이 주먹을 쥐었다. 2초를 쉬었다. 오른팔이 움직였다.

소년의 배를 소녀의 주먹이 찌르고 쳐올리더니, 번쩍 올라갔다.

"두두우우우우우우우우우우우우우우우우우우우우우우웅!!"

"크허어어어어어어어어어억!!"

피며 위산이며 타액이며. 좌우간 입에서 나오는 액상의 무언가를 대강 토해낸 미츠루기는 스크램블의 핑퐁 구슬 같은 손 위에서 축 늘어졌다.

──털썩.

정말 그런 소리를 내며 미츠루기의 몸은 공터에 버려졌다.

──종종종종종종.

놀 곳을 찾은 아이처럼 경트럭까지 달려간 스크램블은 폴짝 뛰어 짐받이에 앉더니 선언했다.

"그럼 1분간의『카미시로(神代)』타임, 스타트!"

웅크려 있던 소년이 일어났다. 옷에 묻은 모래와 흙을 털어내며.

"이, 이봐. 꼬맹이……."

주춤하며 당황하는 남자들에게 미츠루기는 소리 없이 웃어 보였다.

검지를 안쪽으로 세우고 여러 번 가볍게 꺾었다. '됐으니까 덤벼'라는 것처럼.

그 도발에 에스컬레이터를 타는 것보다 더 쉽게 넘어간 셋이 일제히 감정을 쏟아내며 덤벼들었다.

그리고 남자들은 쓰러졌다. 그들이 모든 걸 잊고 의식을 되찾은 것은 그로부터 30분 후의 일이었다.

눌린 용수철이 힘껏 튀어 오르듯이 직진한 덤프차는 헤드라이트를 맞는 바람에 무거운 몸을 공중에 띄우며 반전한 다음, 일격을 더 맞더니 땅으로 고꾸라졌다.

주먹을 휘두른 토관은 그 절반 정도밖에 안 되는 손바닥에 막혔고, 무방비했던 턱을 주먹으로 맞고는 푸른 하늘로 날아갔다.

순간적으로 늦어 그 광경을 목격하게 된 폭포수는 더 땀을 쏟아내더니, 마침내 수원이 고갈되어 기절했다.

아무튼 그렇게 해서 1분은커녕 10초도 채 지나지 않아 사건은 해결되었다.

"이제 괜찮을 거야."

하고 미츠루기가 뒤를 돌아보며 뒤에 숨어 있던 소녀에게 웃어줬을 때, 이미 소녀는 없었다. 아마 틈을 보아 도망쳤을 것으로

추측했다.

"이 자리에 없더라도 사후처리에 문제는 없겠지?"

"무슨 뜻이야?"

스크램블은 고개를 갸웃했다.

"'끼워 맞추기' 말이야."

"으음…….. 뭐, 응."

"뭐야, 애처럼 어물어물하긴."

"유치밖에 없으니까 애지."

에헤헷. 센스 있는 소녀의 조크는 침묵에 휩싸였다.

"이제 됐어?"

"그래."

"그렇구나!"

슈웅, 하고 공기를 가르며 짐받이에서 내려온 스크램블은 터벅터벅 걸어와 미츠루기 앞에 섰다.

키 차이가 30cm 정도 나는 두 사람이 시선을 맞추려면 미츠루기가 허리를 낮춰야 했다.

후우——, 하고 숨을 내쉬며 굽힌 상반신. 쑥 내민 얼굴.

스크램블은 그의 두 눈을 가린 앞머리를 손가락으로 만지작거려 가늘게 뭉친 다음, 살짝 귀 뒤로 넘겼다.

금색 눈과 스칼렛 색의 눈동자가 서로를 비추었다.

"그럼 노오토의 슬픔을 가져갈게."

"그래. 이러면 마음의 갈등도 줄겠지."

작은 소녀의 작은 두 손이 소년의 뺨을 감싸고.

──두 사람은 애정 없는 입맞춤을 나누었다.

그리고 미츠루기의 인간성은 하나 더 엑센트릭 박스에 담겼다.

몇 초가 지나고. 누가 먼저랄 것 없이 입술을 떼었다.

미츠루기의 눈동자 색이 본래의 밤색으로 돌아갔다.

"그럼 안녕!"

스크램블은 빙그르르 우아하게 한 바퀴를 돌았다. 바람에 살랑이는 트윈테일을 쫓아가듯, 그녀의 몸은 금세 아래에서 위로 접혀 갔다.

스니커가 골격을 무시하고 구깃구깃 세로로 꺾이더니 스커트를 휘감으며 정강이와 맞닿았고, 그것이 두 팔과 몸통을 집어삼켰다. 다시 스크램블이 미츠루기와 마주 봤을 때 그 얼굴마저도 빨려 들어가듯 사라졌고, 악랄한 단자 형태로 공중에 떠오른 색채의 집합체는 마지막으로 슈욱, 하고 공간을 뒤트는 소리를 내며 축소하더니 정합했다.

미츠루기의 눈앞에는 가로세로 20cm 크기의 전 세계의 수채 도료를 한쪽에서 끼얹은 듯 불쾌한 색을 띤 입방체──, 엑센트릭 박스가 있었다.

원래 모양을 되찾자마자 중력을 찾고 떨어져 내리는 그것을 미츠루기는 오른손으로 받아낸 뒤 파우치 속에 넣었다.

파도 소리와 함께 여름벌레의 고동이 들려오는, 8월 초의 일이었다.

◆ 취약한 정합성

엑센트릭 박스가 무엇인지 미츠루기는 모른다.

신비한 상자라고 표현하기에는 너무나도 기묘한 점이 많고, 또 신비한 사람이라고 표현하기에는 너무나도 그것을 초월해 있었다.

그래서 그 입방체는 아마 신이나 악마, 뭐 그런 존재가 만들어 내고는 제대로 버리지 못한 떨이 제품 같은 것이리라고 본다.

엑센트릭 박스는 미츠루기의 바람을 뭐든 들어주는 상자이자, 언젠가 미츠루기를 완전히 파괴할 상자였다.

동시에.

아기 이상으로 무구하고 순진한 공백의 인간이자, 언젠가 그 대극에 자리해 전지전능해질 인간이었다.

즉 그것은 물체를 모방한 현상이자 개념이었다.

"——양이 412마리. 양이 413마리."

통. 통. 통.

얼룩과 흠 때문에 실질 이상으로 낡아 보이는 천장을 일정 간격으로 엑센트릭 박스가 두드린다.

미츠루기는 침대에 바로 누워 뒹굴뒹굴한 뒤, 중얼중얼 무심하게 양을 세면서 엑센트릭 박스를 던졌다.

얼룩은 둘째치고 천장의 흠은 대부분이 이 무의미한 행위 때문에 생긴 것이다.

오늘도 집으로 돌아온 지 여차여차해서 3시간 하고도 조금. 딱히 아직 잘 생각은 없다.

부연 유리 너머에 있는 세상은 오렌지빛으로 물들어 있었다.

엑센트릭 박스는 미츠루기의 손과 천장을 오갔고, 그늘진 면과 창문으로 비쳐드는 빛을 쬔 면은 색이 달라졌다.

갑자기 덜컹, 하고. 벌써 몇 년이나 제 기능을 못 하는 TV 옆에 세워둔 사진이 쓰러져 있었다.

미츠루기는 엑센트릭 박스를 침대에 두고 사진을 다시 세워놓았다.

그곳에는 더는 만날 일이 없는 아버지와 피가 이어지지 않은 어머니, 두 사람의 손을 어깨에 올려놓은 채 어색하게 웃는 12살의 자신이 있었다.

"……이제 이것도 필요 없겠군."

어제까지의 미츠루기는 이 사진을 볼 때마다 가슴에 쐐기를 박는 듯한 기분을 느꼈다. 그렇게 쐐기를 박는 사진을 교훈이나 구제처럼 계속 장식해 두었다.

하지만 이제 그 사진이 무언가를 호소하는 일은 없었다.

슬픔은 이미, 사라진 뒤다.

미츠루기는 방구석에 놓여 있는 쓰레기봉투에 사진을 쑤셔놓고 묶었다.

그리고 다시 양이라도 셀까 하면서 침대로 향하려는데, 인터폰이 울렸다.

누가 왔는지는 대강 상상이 갔다.

"야호."

현관문을 여니 그곳에는 마시로 세츠미가 두 팔에 큰 냄비를 안고 서 있었다. 애니메이션 캐릭터를 큼직하게 박아놓은 검은 튜닉과 새빨간 플레어스커트 위로 파스텔색 앞치마를 맸다.

비쳐드는 저녁놀에, 뒤로 묶은 흑발이 농염하게 빛난다.

"또 쿵쿵 소리나 내고."

"아아, 미안해."

구두를 벗은 마시로가 미츠루기의 팔을 빠져나가 집 안으로 들어간다. 싱거운 답에 뾰로통해진 마시로를 들인 뒤 미츠루기는 문을 닫았다.

"연락을 해. 올 테니까."

"그래, 미안해."

"정말."

곧장 부엌으로 가서 쿠킹 스토브에 냄비를 놓는 마시로다. 익숙한 듯 레버를 비틀어 불을 붙이고, 내용물을 데우는 사이에 식기 케이스에서 두 사람 몫의 접시를 꺼낸다.

"잠깐 기다려. 오늘 아침에 만든 거거든."

"그래, 고마워."

풀썩. 침대에 앉은 미츠루기가 말한다.

잠시 생각하다 마시로가 중얼거렸다.

"뭐, 됐어."

수납 선반에서 팩에 포장된 쌀을 꺼내 전자레인지에 투입한다. 팩이 돌아가는 사이, 냄비 뚜껑을 열고 꺼낸 국자로 살짝 떠서 맛을 본다.

"음, 역시 반나절이라도 묵혀두면 맛이 다르네."

감도는 카레 냄새를 한껏 들이마시면서, 미츠루기는 솜씨 좋게 조리하는 마시로를 멍하니 바라봤다.

고리형 레깅스와 플레어스커트 사이로 드러나는 가느다란 다리. 잘 관리한 흰 피부. 국부는 매끄러운 기복을 그리고 있으며, 전체적인 인상은 슬림하고 단아해 보이는 몸매다. 성숙한 상냥함과 유치한 장난기가 혼재한 아름다움과 가련함을 추출해 놓은 듯한 외모. 겉모습만 봐도 어울리지 않는 관계라고 본다.

그럼 내면에 뭔가 잘난 부분이 있냐고 하면 고개를 가로젓는 수밖에 없다.

그냥 두면 외출해 있을 때 말고는 끝도 없이 양을 셀지도 모르는 자신을 걱정해, 마시로는 이렇게 자주 식사를 가져다준다. 식사뿐만이 아니다. 방 청소나 빨래도 자기가 한 횟수보다 마시로가 해준 횟수가 더 많겠지.

여름방학이 되기 전까지는 며칠 걸러 오던 마시로지만, 여름방학이 된 후로는 거의 매일 미츠루기를 챙겨주고 있다.

왜 이런 자신과 마시로가 교제 관계에 있느냐.

생각해봐야 사실 이상의 답은 나오지 않았다.

"자, '잘 먹겠습니다'라고 해야지."

"그래."

그녀의 씩씩한 목소리는 어두운 방을 밝혀 주었다.

창가에 둔 작은 원탁 앞에 둘은 앉았다. 탁상에는 3대7의 비율로 담아낸 카레라이스가 있다. 일본풍 드레싱을 곁들인 커팅 샐러드. 인스턴트 수프. 차갑게 식힌 보리차. 플라스틱 젓가락과 은색 스푼도 있다. 모두 2인용이다.

스푼을 들고 카레를 퍼넣으려는 미츠루기의 이마를 두 개의 손가락이 쿡 찔렀다.

"잘 먹겠습니다."

찔렀던 손에 오른손을 포개며 그렇게 말한 마시로는 샐러드를 입에 넣고는 '나쁘지 않다'라는 표정을 지었다.

"……잘 먹겠습니다."

마찬가지로 카레를 먹는 미츠루기다. 맛은 평소처럼 아무 불만도 없다. 오늘도 모든 게 자연스럽게, 미츠루기의 취향에 맞춰 만들어졌다.

"샐러드가 다 떨어졌으니까 다시 사다 놔."

"그래."

"쌀도."

"응."

"더 먹을 만큼 있어."

"응."

"내일 아침 몫도 있고."

"그래."

"어때?"

"응?"

미츠루기의 손이 멈췄다.

"맛 말이야."

탁상에 턱을 괸 마시로는 말을 기다리고 있다.

"아아, 맛있어."

작게 웃으며 미츠루기는 퍼낸 카레를 그녀의 입으로 던져넣었다. 입을 오물오물하고는 덥석 삼키더니, 행복해하며 콧소리를 낸 마시로가 말했다.

"응. 맛있네."

"그렇지?"

자랑스럽게 스푼을 돌리자 끝부분에 남아 있던 카레가 바닥에 튀었다. 욕 같지도 않은 욕을 하면서 마시로는 가까이에 있는 티슈로 그것을 닦았다. 미츠루기는 그것을 바라봤다.

미츠루기에게는 아직 미각이 있었다. 그러나 식욕은 없었다. 대략 1년쯤 전부터.

그 이후 미츠루기는 '아직 살아 있기 위해'서만 식사를 하고 있다.

"항상 고마워."

미츠루기는 맛있기'만'한 요리를 위 속으로 집어넣으며 마시로에게 말했다.

마시로는 놀란 것처럼 티슈를 버리려고 일어났다 멈춰 섰다.

"무슨 일이야? 갑자기."

"갑자기가 아니지. 쭉 생각했던 거야. 마시로는 나에게 신께서 주신 행복 그 자체 같은 거야."

"또 굉장히 시적이네."

얼버무린 건 부끄럽기 때문. 흰 피부가 빨개진 건 기쁘기 때문.

"시적이면 안 되나?"

"아니. 오히려 좋아. 평소보다 노오토에게서 인간미가 느껴지거든."

아무 생각 없이 뱉은 본심이었다. 멋쩍은 걸 감추려고 검열을 너무 생략했을지도 모르겠다.

말하자마자 마시로는 후회했다.

"……미안, 무신경했지."

"뭐가?"

마시로는 그 답을 그의 배려로 봤다.

미츠루기는 그녀가 무엇 때문에 사과하는지 알 수가 없었다.

"아무것도 아니야."

다부지게 웃으며 자신 앞에 있는 헛된 다정함에 어리광을 부리는 마시로다. 다음에는 조금 더 배려하는 사람이 되자고 반성하며, 그녀는 방구석에 놓인 타는 쓰레기봉투를 벌렸다. 그 안에서 묘한 것을 찾았다.

티슈를 휙 던져넣으면 끝났겠지만, 그 A6 사이즈 액자에 든 것이 신경 쓰여서, 그녀는 그만 멋대로 그것을 주워들고야 말았다.

"……윽!"

평화로운 허상은 증발하듯 순식간에 사라지고, 그곳에는 현실보다 더 퇴폐한 세계가 남았다.

혹은 이미 옛날에 망가졌을지도 모른다고 마시로는 생각했다.

"노오토……, 이게, 왜, 여기 있어……?"

있는 힘을 다해 밝은 모습을 가장했다. 실수이길, 바랐다.

뒤를 돌아보며 묻는다. 이미 어릴 적부터 제대로 웃는 법을 잊어버린 소년에게, 버려진 가족사진을 보이며.

"아아, 그건 이제 필요 없거든."

그녀는 자신이 웃고 있다고 생각했다. 나름대로 잘. 사진의 그
보다는 훨씬.

"……필요 없다니……, 물건이 아니잖아……?"

아래로 쳐진 눈꼬리에서 흘러내린 물방울이 유성이 되어 희고
아름다운 세계를 따라, 바닥 위로 떨어졌다.

무슨 말을 하는지 미츠루기로서는 알 수가 없었다.

확실히 그 사진은 어제까지 미츠루기에게 다소나마 특별하게
작용했다. 그러나 그것은 특별한 것이었기 때문이다. 그것이 지금
은 효력을 잃고, 특별할 게 없는 것으로 전락했다. 그래서 버렸다.

그렇다고 하나 마시로를 울린 시점에서 미츠루기에게 그것은
자신이 잘못이 된다. 그래서 사과한다.

"그래, 미안해."

미츠루기 노오토에게 있어, 미츠루기 노오토 이상으로 업신여
겨도 되는 존재는 없다. 자신으로 인해 누군가가 불쾌감을 느낀
다면 그것은 자신의 잘못이다. 자기중심적이거나 비극에 도취한
것이 아니라.

진심으로, 미츠루기는 자신을 최소 단위로 봤다.

"…………바보야!"

강하게, 힘껏. 사람의 살의 온기가, 알맹이가 식어버린 몸을 끌
어안는다. 그의 어깨를 눈물이 적셨고, 비누 냄새가 콧구멍을 간
질였다. 두 사람의 몸이 침대에 부딪혔다.

덜컹, 하고. 엑센트릭 박스가 바닥으로 떨어졌다.

"노오토는 바보야! 멍청이! 철인! 냉혈한!"

마시로는 그를 대신해 울고 있었다.

"무슨 일이 있어도 노오토 쪽에서 연결고리를 끊으면 안 되지…… 필요 없다고 해서 버릴 물건이 아니라고……."

그의 가슴에 고개를 묻고 심장 소리를 듣는다. 미츠루기가 거기 있는 것을 확인하듯.

"……노오토는 좀 더 자신을 아껴줘야 해."

마시로는 가끔씩 생각한다. 미츠루기 노오토는 '그날'을 경계로 누군지 모를 다른 사람이—— 아니면, 미츠루기 노오토를 충실하게 재현하고자 하는 기계로 뒤바뀐 게 아닐까 하고.

그것이 말도 안 되는 이야기라는 생각을, 마시로는 가끔씩 잊는다.

"역시 노오토는…… 요즘 들어 이상해."

"그래, 미안."

미츠루기는 자신이 변해 버렸다는 걸 자각하고 있었다. 감각보다 행동의 통계를 통해서.

확실히 어제까지의 자신은 그 사진을 버리지 못했다. 하지만 오늘은 버렸다. 그렇다면 거기에는 뭔가 변화가 있었을 것이다. 그 변화란 무엇일까.

알고 있다. 자신의 마음에서 슬픔이 사라진 것이다.

알고 있었다. 엑센트릭 박스를 손에 넣은 순간부터, 자신이 변해 가고 있다는 건. 엑센트릭 박스에 대해 아무것도 모를 터인 마시로가 그 변화를 지적하자, '아아, 마시로의 감각은 날카롭구나' 라고 미츠루기는 감탄하고야 말았다.

그러나 그녀가 원하는 것은 감탄이 아니다. 안심이다.

"사진은 버리지 말아줘. 내가 실수했어."

미츠루기는 마시로의 머리를 부드럽게 쓰다듬은 뒤 사진을 주워들고 원래 자리에 놓았다.

역시 그 멈춰 있는 그림에게서는 이미 아무런 감개도 느낄 수 없었지만.

"…………저기…………."

일어난 미츠루기의 등에 퉁, 하고 가벼운 무게감이 전해졌다. 허리와 가슴 사이로 가는 팔이 뻗어오더니 몸이 밀착했다. 부드러운 감촉이 미츠루기에게 전해진다.

"…………키스, 할까?"

그 말을 하려고 얼마나 용기를 쥐어 짜냈는지, 일방적인 포옹을 당하고 있는 미츠루기는 알기 어려웠다. 그래서 있는 힘껏 발돋움하고, 눈처럼 하얀 얼굴을 새빨갛게 물들인 채 고개를 숙이고 있는 마시로를 미츠루기는 모른다.

마시로는 확인하고 싶었다. 확신하고 싶었다. 소꿉친구의──자신이 아는 미츠루기 노오토가 거기 있다는 것을. 싱거운 답만 하는 그가 따스한 인간성을 간직하고 있다는 것을. 그리고 자신에 대한 여러 감정도.

"……그만하자."

미츠루기는 작은 소리로 그렇게 말했다. 그 나름대로 그녀를 생각해서.

15cm의 간격에서 침묵이 찾아들었다. 밖은 이미 어둑어둑하다. 이 희미한 보랏빛은 이제 곧 검은색으로 바뀔 것이다.

"…………그래."

마시로는 미츠루기를 놓았다.

그녀의 표정이 색을 잃어 가는 것을 굴러가는 입방체만이 바라보고 있었다.

"……그럼, 가볼게."

"……그래."

마시로는 현관으로 걸어갔다. 미츠루기는 그 자리에 우두커니 서 있었다.

두 사람 사이에서 태어난 공통된 답이 그녀를 재촉하고, 그의 발길을 잡아두었다.

"──노오토."

현관문을 연 시점에서 마시로가 미츠루기를 부른다. 그때 겨우 미츠루기는 뒤를 돌아봤다.

"내일 밤에 냄비를 가지러 올게. 그때까지 먹어둬!"

그녀는 씩씩하게 웃고 있었다. 반쯤 열린 문 너머에서, 구겨진 예쁘장한 얼굴과 그 옆으로 늘어져 흔들리는 포니테일을 살짝 드러내며.

"그래, 고마워."

미츠루기는 희미하게 웃었다. 적어도, 그것은 진심에서 우러난 미소였다.

"좋았어."

우량 판정을 내린 것을 마지막으로, 문이 닫힌다.

방에는 당연히 미츠루기 혼자만 남았다.

평생 선을 넘을 일은 없을 것이라는 걸 그 순간에 깨달은 두 사람의 일부는 그릇에 남은 카레를 바라보고 한숨을 지었고, 일부는 문 너머에서 총총히 떠 있는 별도 보지 않고 훌쩍훌쩍 울고 있었다.

◆

미츠루기 혼자만의 시간은 그리 오래 이어지지 않았다.

시야 한 편에서 엑센트릭 박스가 공중에 떠올라, 혼자서 전개되기 시작했다. 낮과 똑같은 요령으로 그녀는 완전히 어두워진 방에서 탄생했다.

"스크램블, 등장!"

짜란──. 그런 효과음이 들려오는 듯했다.

높지 않은 천장에 발을 붙이고 거꾸로 선, 겉보기에는 초등학생의 모습을 한── 스크램블. 그녀를 감싼 마블 모양의 스커트가 무방비하게 걷혀 올라가 그녀의 트윈테일을 뒤에서 감쌌다.

"배고파!"

입을 열자마자 먼저, 아니, 두 번째로 그렇게 말한 일곱 가지색 속옷을 입은 소녀는 식사를 요구했다.

"그래, 그래."

평소처럼 앉을 것을 미츠루기는 스크램블에게 명령했다.

"이거 남은 건 내가 먹고 싶어!"

"마음대로 해."

"그럼 먹을래!"

빙그르르 세로로 반 회전해 원탁 앞에 앉은 그녀는 젓가락과 스푼을 양손에 들더니, 우걱우걱! 테이블 매너를 물어 죽일 기세로 접시 위에 있는 것을 닥치는 대로 부어 넣었다.

"노오토 것도 줘!"

"마음대로 해."

"그럼 먹을래!"

스크램블에게는 미각이 없다. 다만 식욕은 있다. 미츠루기에게 빼앗았으니까.

식욕을 빼앗긴 날, 어떤 맛이 나는지 짓궂게 물은 미츠루기에게 스크램블은 '모른다'라고 답했고, 어떤 느낌이 나느냐고 묻자 '살아 있는 느낌'이라고 했다.

완전히 '생'을 우습게 아는 존재라고 미츠루기는 생각한다. 이미 거기 자신도 포함되어 있다는 것을 비웃으면서.

"더 먹고 싶어!"

눈 깜짝할 새 2인분(정확히는 줄어 있었으니 대략 1인분)의 카레를 먹어 치운 스크램블이 반짝거리는 눈으로 냄비를 가리킨다. 그녀의 몸과 그 주변에는 과감한 브러시질을 한 것처럼 갈색 얼룩이 져 있었다.

"그건 안 돼."

미츠루기에게는 식욕이 없다. 하지만 먹지 않으면 죽는다. 그러니까 내일 아침에 먹을 분량은 남겨둬야 한다.

"네——!"

천장을 향해 씩씩하게 답하며 스크램블은 남은 샐러드와 수프와 보리차를 하나씩 정리해 나갔다.

"저기, 스크램블."

"응——?"

미츠루기는 방구석에 있는 스위치로 목욕물을 데우면서 물었다.

"너를 만났을 때와 비교해서, 나는 얼마나 달라졌어?"

"으음——."

음식을 위에 밀어 넣는 단순한 작업을 멈추고, 입가에 손을 얹으면서 생각하길 몇 초.

작은 중지와 엄지로 딱 소리를 내며 스크램블은 답했다.

"내가 달라진 만큼 달라졌어——."

스크램블은 때때로 진리를 입에 담는다. 그건 역시 어려 보이는 그녀가 동시에 인지를 초월한 존재이기 때문일지도 모르겠다.

과거의 스크램블과 지금의 스크램블은 꽤 다르다.

아무래도 자신은 마시로 말처럼 꽤 달라져 버린 모양이다.

"그럼" 하고 질문은 이어진다.

"그게 지금의 너는 슬퍼?"

달라진 내가—— 달라진 자신이——, 달라지는 게 슬퍼?

"음——."

입가에 손을 대면서 생각하길 몇 초.

스크램블은 손가락을 딱 울리며 답했다.

"모르겠어!"

"그렇겠지."

당연하다. 어제까지 슬픔은 나의 감정이었지만, 달라지는 게 슬픈지 어떤지는 생각해봐도 모를 일이었으니까. 오늘 슬픔을 얻은 녀석이 알 리가 없다.

"다 먹으면 식기는 물에 담가 놔."

"네——!"

옷을 벗어두는 곳에서 옷을 벗는다. 욕조에 몸을 담그고 생각한다.

——마시로의 키스를 거부한 건, 정말 마시로를 생각했기 때문일까?

마시로는 키스할지 말지 선택지를 나에게 맡겼다. 하지만 그 뉘앙스는 아마 키스를 바라고 있었다.

주의를 받고 사진을 버리는 건 쉽게 그만뒀는데, 재촉했던 키스를 하지 못한 건 왜일까?

……나는 마시로를 사랑하는 걸까?

3년 전부터 시작된, 인신 공양으로서 나를 구성하는 여러 요소를 지불해 왔다. 언제 어디서 뭘 샀는지는 이미 기억하지 못하는 것과 마찬가지로, 자신이 지금까지 소원을 이루기 위해 건넨 대가를 모두 기억하진 못한다.

애정은, 아직 남아 있을까?

의문은 머리에 묻은 거품처럼 쉽게는 씻어낼 수 없었다.

몇십 분이 지나 씻고 나오자, 이미 스크램블은 원탁 위에 놓인 가로세로 20cm의 입방체로 돌아와 있었다. 그릇은 말했던 대로 전부 싱크대 통에 담가놓았다.

새삼스레 기묘한 입방체라고 생각했다.

소원을 이루는 힘을 주고, 인간을 의태하고, 소원을 빈 사람의 구성요소를 빼앗는다. 감정이나 사고 패턴이나 습관을.

조금 전 그것을 '대가'로 비유했지만, 넘기는 것과 소원의 내용은 아무 상관이 없다.

사소한 소원을 이루는 데 큰 대가가 요구되는가 하면, 무리한 것을 요구해도 사소한 대가를 받고 넘어갈 때가 있다.

원하면 그것은 반드시 이뤄지지만, 반드시 무언가를 잃는다. 엑센트릭 박스는 그렇게 이뤄져 있었다.

"……혼자, 라."

중얼거리는데 이유 없이 허전함을 느꼈다.

슬퍼할 마음은 잃더라도, 외로움을 느끼는 마음은 남아 있었다. 그런 부분의 참작은 애매할 때가 있다. 그래서 어느새 불감증이 되어 가는 자신이 미츠루기는 두렵기도 했다.

미츠루기는 창문을 열고 베란다로 나갔다. 멀지 않은 곳에서 여름벌레 소리가 났다.

해가 떠 있는 동안에는 아무 생각도 하지 않을 수 있지만, 달빛은 항상 거울이 되어 자신과 마주할 것을 강요한다. 그럴 때 미츠루기는 자주 이렇게 밖으로 나온다.

눈 아래 산재하는 집들에서는 행복의 불빛이 새어 나왔다.

미츠루기는 베란다용 샌들로 갈아신고 시선을 위로 들었다.

펼쳐진 밤하늘은 보통 낮을 가리는 6등성조차 벅차 할 정도로 아름다웠다. 무리하게 성립된 별자리며, 세상을 오염시키며 나는 철판만 허락할 수 있을 정도로.

"꽤 잘난 감성을 가지고 있네."

라고 옆 베란다에서 소리가 났다.

피보다 더 진한 붉은 색으로 머리카락을 물들인 여성——, 옆집에 사는 미대생이었다.

위아래로 남색인 트레이닝복을 입었고 맨발이다. 죽은 물고기 같은 눈과 초췌한 다크서클을 가졌으며, 살짝 물기를 머금은 가느다란 앞머리 아래로 하늘을 보고 있었다. 푸하, 하고 내뱉은 담배 연기가 어둠 속에 녹아든다.

그녀의 베란다는 네 모퉁이에 심은 식물과 흩어진 담배꽁초로 이루어져 있었다.

"초능력자예요?"

미츠루기는 난간 반 개만큼 거리를 두며 물었다.

"감성이야."

여성은 등을 난간에 기대며 살짝 밖으로 몸을 내밀었다.

그녀에게 미츠루기는 초면이다.

원래 남들과의 적절한 거리감이라는 걸 찾기를 꺼리는 사람이었던 것으로, 미츠루기는 기억하고 있다.

"밤에 혼자 하늘을 보려고 밖으로 나오는 녀석은 대부분 세상을 우습게 알거든."

"그럼 같네요."

"그러게. 그 나이에 내 영역에까지 발을 들이다니. 정말 딱하기도 하지."

그런 얼토당토않은 말을 늘어놓고서야 그녀는 본래 대화의 서두에 나와야 할 말을 입에 담았다.

"만나서 반가워. 이웃 군."

"만나서 반가워요. 이웃 씨."

미츠루기에게는 3번째인 '첫 만남 인사'였다.

"유나기 아리스. 집에만 박혀 사는 미대생이야."

유나기는 미츠루기의 대답이 마음에 들었는지, 난간에서 등을 떼고 대신 한쪽 팔꿈치를 괸다.

"미츠루기 노오토. 여름방학 중인 고등학생이에요."

가슴까지 내린 트레이닝복의 지퍼 위로 진한 살색 계곡이 엿보였다. 그녀가 베란다에 나오는 것은 반드시 씻고 난 후다. 알몸 위에 트레이닝복만 입고 밤바람을 쐬고 있다.

비교적 친해졌던 2주 차에── 끼워 맞추기 전에 만난 그녀가 알려준 사실이었다.

"고등학생 주제에 다른 여자를 한날에 데려오는 건 바람직하지 않은데."

유나기는 방음도 뭣도 안 되는 얇은 벽을 맨발로 툭 쳤다.

"부모 얼굴이 궁금하네."

아무리 봐도 비아냥 같은 대사를 꼭 비아냥 같지 않게 들은 건 이번이 세 번째였다.

그래서 미츠루기도 지금까지와 똑같이 답했다.

"부모님은 이미 안 계세요."

미츠루기가 그 사실을 있는 그대로 전한 상대는 그녀뿐이다.

유나기라면 자신을 이해하려고 해도 이해하지 못한다는 사실에 상처 입지 않을 테니까.

"아아, 그래."

유나기는 다시 담배를 입에 물었다.

제멋대로라고 할까, 담백하다고 할까 미츠루기는 그녀의 그런 냉정함이 좋았다.

「남의 사정 따윈 모를 일이니까. 그러니까 공허한 동정에는 아무 의미도 없어.」

이전의 그녀가 한 말이다.

미츠루기는 유나기에게 자신과 비슷한 무언가를 느끼고 있었다.

중요한 부분이 결핍되었으며, 또 계속 결핍되고 있는 인간. 공백으로 가는 삶을 사는 듯한 사람. 무에 가까워져 가는 사람. 그게 어째서인지는 그녀 말대로 모르겠지만, 유나기 역시 어딘가가 어긋난 사람이라는 건 탈세속적인 분위기가 알려줬다.

엑센트릭 박스가 없더라도 인간은 경우에 따라 '이렇게' 되는 것이다.

그렇게 생각하면 자신의 변화도 정당화할 수 있을 듯했다.

"혼자 사는 건 즐거워?"

"아니요, 딱히요."

"방종한 히키코모리 생활까지는 아직 멀었어."

후후훗. 유나기는 소리 없이 우습다는 듯 웃더니 담배를 빙그르르 돌렸다.

"담배는, 끊는 편이 나아요."

"음."

대화의 흐름대로 주의하자, 즐겁게 담배를 피우고 있던 유나기가 갑자기 "시시하게"라고 말하면서 코로 한숨을 내쉬었다.

"실망이야, 이웃 군. 너는 그런 당연한 말을 하지 않을 녀석이라고, 이 약 1분 남짓한 시간 동안 멋대로 생각했는데."

"딱히 담배는 상관없는데요. 무심코 불씨를 떨어뜨릴 때가 있거든요. 화상 자국이 남으면 싫잖아요? 일단 여자고요."

"안이한 캐릭터 배정은 그만둬. 이웃 군도 멋대로 오해하면 안 되지. 방종한 누님에게 덜렁이 속성은 포함되지 않으니까. 그건 이웃 군 취향이야?"

"글쎄요?"

새침하게 굴면서 미츠루기는 그런 부분이 마시로에게 있나 생각해봤다.

마음 착하고, 나를 위해 울어 주는 마시로.

카레를 남겨두고 간 건 덜렁이 짓일까? 그렇게 단순한 이야기는 아닐 것 같다. 그녀에게 이유를 찾아내려고 하는 것 자체가 잘못이라는 느낌이 든다.

"이런?"

그리고 새침하게 답하고는 입을 다문 미츠루기의 얼굴을 유나기가 재미있다는 듯 관찰했다.

"짚이는 구석이라도 있나 보지?"

"그렇다면 좋겠는데요."

미츠루기가 그렇게 답했을 때, 유나기의 관심이 떠나 있던 손에서 미끄러지듯 담배가 떨어졌다.

"아뜨!!"

체념한 기색으로 여유를 피고 있던 유나기가 펄쩍 뛰더니 슉 소리를 내며 타들어 간 발을 감쌌다. 발에는 내일이면 푸르게 변할 정도로 붉은 염증이 생겨 있었다.

"제가 뭐랬어요."

당황한 기색으로 자기 발을 후후 불어 식히는 그녀는, 자신을 갈고닦는 법만 알면 좀 더 귀여워 보일 듯했다. 겉을 부분부분 뜯어서 보면 결코 나쁘지는 않았다.

치켜 올라간 눈은 섬세한 라인을 이루었고, 곧게 뻗은 콧등은 그녀의 인생관과도 일맥상통하는 심지가 엿보인다. 도톰한 입술과 부드러운 피부. 선정적인 유선형의 다리라인. 열기나 통증을 느낄 때만 보여주는 아이 같은 반응.

발끝이라도, 화상이 남는 건 역시 참을 수 없었다.

"별거 아니야. 내 침과 숨으로 감미로운 마법을 부리면 이 정도는 나아."

"그럼 그 마법은 언젠가 저에게 걸어 주세요."

미츠루기가 오른손을 들었다. 자유의사로 방에서 날아온 입방체가 그 안으로 쏙 들어갔다.

유나기가 감쌌던 발을 툭 떨어뜨리며, 살짝 놀란 표정을 지었다.

"그녀의 화상을 낫게 해줘. 엑센트릭 박스."

밤하늘에 던져진, 지금은 차가운 빛을 띤 엑센트릭 박스가 밤하늘을 새하얀 섬광으로 물들인다.

별과 달, 가로등까지 섬광은 모든 것을 집어삼켰다.

그리고 세상이 색을 되찾았을 때, 공중에서 멈춘 상자는 형태를 잃으며 소녀의 모습으로 재구축되었다.

"스크램블, 등장!"

이번에는 두 손으로 브이 사인을 날리며 등장한 스크램블이다.

그녀는 좁은 난간 위에 내려앉아, 불균형함을 즐기면서 확인했다.

"대가는, 키스의 맛인데?"

미츠루기는 "뭐야, 그런 게 있었나"라면서 코웃음을 쳤다.

"그래. 그건 나한테 필요 없는 것이야."

"그래!"

스크램블은 기쁜 듯이 싱긋 웃더니 난간에서 베란다로 뛰어내렸다.

"그럼 간다?"

"그래."

"좋아!"

스크램블은 양손을 들어 없는 가슴 앞에서 자세를 취했다. 허리를 비틀며, 그중 한쪽을 미츠루기의 배에 찔러넣는다.

"두두우우우우우우우우우우우우우우우우우우우우우우우웅!!"

"크허어어어어어어어어억!!"

미츠루기는 스크램블의 핑퐁 구슬 같은 손 위에서 축 늘어졌다.

동기에 이번 소원을 이룰 방법을 이해했다. 이전에 있었던 2번과 같은 요령이었다.

"그럼 1분간의 『카미시로』 타임, 스타트!'"

긴 머리카락 아래 붉은 눈을 가진 미츠루기가 가볍게 도움닫기를 한 뒤 폴짝, 하고 맞은편 베란다까지 점프했다. 손으로 난간을 짚고 두 발을 아무렇게나 뻗으며 7층의 상공── 폭 1m, 높이 20m인 공간을 건너갔다.

쿠웅, 숨이 붙은 채로 옆집 베란다에 착지한 미츠루기는 발밑에 어지럽게 널린 담배꽁초를 보고 "하아" 하고 한숨을 내쉬었다.

"이웃 군……, 너는 피학 욕구라도 가지고 있는 거야?"

"그게 제가 마법을 쓰는 준비 과정일 뿐이에요."

"…………마법, 이라."

미츠루기의 뒤에는 고개를 젖힌 채, 난간에서 몸을 U자로 굽히며 노는 소녀가 있었다. 머리로 피가 쏠리는 감각이나 손을 뻗어도 닿지 않는 별을 보고 꺅꺅거리며 즐거워하고 있다.

"뭐, 그런 일도 있겠지."

유나기는 항상 순응이 빨랐다.

'저것'이 무엇인지, 생각해봐야 이해할 수 없는 상대라는 걸 깨달았기에.

남의 사정이나 자신의 미래를 생각했을 때, '어차피 모른다'라면서 바로 포기하고 상대하길 그만둔 그녀이기에 현상으로서 존재하는 저 상자를 보고도 그것을 현상 이상으로 받아들이려 하지 않았다.

　——이웃 군이 그렇다면야, 분명 진짜 마법을 쓸 수 있겠지. 그렇게 체념하며 그녀는 묻는다.

　"그래서? 설마 내 화상 좀 낫게 하겠다고 그 마법인지 뭔지를 쓰겠다는 거야?"

　"네. 저는 남을 돕기 위해서 살아가고 있으니까요."

　망설임 없이. 흐림 없이. 미츠루기는 그녀의 조소를 똑바로 마주하며 그렇게 말했다.

　"이봐, 밤에 하는 농담은 연애 이야기보다 더 재미없어."

　간격이든 뭐든 개의치 않는 거리에서 그녀는 곤란하다는 듯 자신에게로 향하는 감정을 비웃었다.

　"나의 이거? 그냥 조금 뜨거운 게 다인 통증? 상처 자국? 그런 걸 없앤다고 이웃 군에게 득이 되는 게 있어? 빚을 지우기에는 상대와 타이밍이 모두 너무 안 좋은데."

　"그러게요."

　"그럼 미사여구로 행동을 꾸미는 짓은 그만두지 그래. 나는 그 '도움'이라는 게 가장 싫거든. 그다음이 '무상 봉사'고 그다음이 '자원봉사'. '무료'와 '자선'은 비교적 좋아하지만."

　"그래도 저는 당신이 곤경에 처한 순간, 당신을 도울 거예요. 언제 어디서든."

"뭘 모르는 녀석일세."

유나기는 환멸을 느꼈다.

한동안 남에게 평가를 매기지 않았던 그녀에게, 그것은 오랜만에 느끼는 감정이었다.

"밤에 별을 보려고 하는 녀석은 조금 더 똑똑한 줄 알았는데. 정의롭지 않은 세상을 올바르게 경멸하는 사람끼리, 우리는 조금 더 나은 관계를 쌓아갈 수 있을 줄 알았어. 이웃 군은 '도움'처럼 얄팍한 말만은 쓰지 않을 거라고 멋대로 믿었다고."

자기가 보기에도 갑자기 말이 늘었다고 유나기는 생각한다. 그가 갑자기 정의로워져서 상처 입지는 않았더라도 슬퍼진 걸지 모른다고 유나기는 생각한다.

"남의 사정 따윈 모를 일이니까. 그러니까 공허한 동정에는 아무 의미도 없어."

"……."

유나기의 잘 돌아가던 혀가 멈췄다.

그것은 본래 그녀의 말이자, 그녀가 살아가는 방식이었다. 세상을 우습게 보는 삐딱한 인간의 신조였다.

"저는 제 사정으로 남을 돕는 거예요. 눈앞에 위험에 처한 사람이 있으면 제가 죽게 되더라도 도울 거고, 아이가 풍선을 놓치면 우주까지라도 손을 뻗을 거예요. 남을 돕는 것만이 제가 살아가는 이유니까."

미츠루기 노오토는 인신 공양으로서 그 몸을 희생해 남을 돕는다. 그러기 위해 살아 있다.

"모르는 일이잖아요? 모르는 건 당신답게, 알려 하지 않아도 돼요. 이웃 씨."

"……그래. 조금도 모르겠어. 하지만 다른 건 똑똑히 알겠어."

──미츠루기 노오토는 더할 나위 없을 만큼 어긋나 있다. 과분한 모순을 품은 채로.

"발을 내밀어 보세요."

"……흥."

유나기는 불만스레 콧소리를 내면서도 순순히 탄 자국이 남은 흰 발을 들어, 미츠루기 앞으로 슥 내밀었다.

"거부하지 않네요."

"마법이 어떤 건지 봐줄까 한 것뿐이야."

그렇게 허세를 부리면서 유나기는 별이 뜬 하늘과 가로등으로 몰려든 벌레를 바라봤다.

그걸 못 본 척하면서, 아주 살짝 뺨을 붉히고 있는 그녀에게 미츠루기는 마법을 건다.

"──아픔아, 아픔아 다 날아가라."

검지가 상처 위에서 세 번 돌다가 그대로 어둠 너머로 밀려났다. 이미 식어 있던 유나기의 발끝에서 붉은 염증 자국이 사라져 간다.

"호오."

그녀는 담백하게 생각한 바를 입에 담았다.

"……기분 나쁜데."

"그거, 실은 세 번째 듣는 말인데요."

"나랑 네가 벌써 세 번이나 만났다. 뭐 그런 뜻이야?"

"글쎄요?"

"빈틈이 없네——. 만약 그런 거라면 어차피 내 기억이 사라지거나 덧씌워지는 거지?"

"늘 예리하네요."

"처음이랑 두 번째 때는 뭐 하는 데 그 힘을 썼어?"

"세 번 다, 담배 때문이에요."

"그렇군."

후후훗. 세상을 우습게 여기는 웃음소리가 지상으로 낙하했다.

"그래서 이웃 군—— 너를 보고 말을 걸고 싶어졌구나. 기시감이라고도 할까?"

"처음부터 당신은 그런 느낌이었어요. 담배를 떨어뜨리는 것도 그렇고요."

"좋아하는데. 적응이 안 돼서."

"좋아하는 걸 다른 걸로 대체하고 그만두는 게 좋을걸요. 아니면 신발을 꼭 신거나."

"설교해 봤자 헛수고야. 아주 깔끔하게 잊어 줄 테니까."

"그렇겠죠."

미츠루기는 왔을 때와 마찬가지로 난간을 뛰어넘어 자기 집 베란다로 돌아갔다. 담배꽁초는커녕 눈에 띄는 쓰레기 하나 없는 그곳은 슬프지는 않았지만, 조금 허전해 보였다. 왠지 미래의 자신을 보는 듯했다.

"1분——!"

장난스러운 소리를 내며 타이머가 울렸고, 널려 있던 스크램블이 난간에서 밖으로 굴러떨어졌다. 곧 미츠루기와 같은 높이까지 떠오른 그녀는 공중에서 정지했다.

미츠루기의 눈이 밤색을 되찾는다.

"또 당신이 곤란해지면 제가 멋대로 도울 거예요."

"그렇구나. 나한테 무슨 일이 생기면 남을 돕고 싶다는 이웃 군의 소원을 결과적으로 이루게 되는 건가. 그게 아무리 사소한 일이라도. 이웃 군은 나를 무상으로 돕고, 나는 그런 이웃 군을 무상으로 돕게 되는 셈인 거지?"

"그러네요."

먼저 스크램블을 방으로 들이고 자신도 그렇게 하려고 미츠루기가 반쯤 턱을 넘은 그때였다.

"저기, 이웃 군."

무슨 말을 중얼거리던 유나기가 상황을 곱씹다 말고 미츠루기를 불렀다. 미츠루기는 뒤로 돌아서 오른쪽 얼굴 절반으로 그녀를 바라봤다.

"이런 관계는 최고로 불쾌한데."

극상의 꿀을 머금은 꽃처럼. 청류에 반사되는 달빛처럼.

자비 그 자체와도 같은 미소를 띤 그녀는 발랄하게 그렇게 말했다.

"그러네요."

미츠루기는 쓰게 웃으며 창문을 닫는다. 그리고.

"그럼 키스의 맛을 가져갈게."

"그래."

미츠루기와 스크램블은 애정 없는 입맞춤을 나누었다.

자신이 쌓고 있는 관계는, 인간미 없는 불쾌한 관계일 것이라고 미츠루기는 생각했다.

"그럼 안녕!"

스크램블은 다시 엑센트릭 박스로서 가로세로 20cm짜리 입방체로 돌아갔다.

"……오늘은 조금 말이 많았나."

입가를 가볍게 닦으며 미츠루기는 침대로 쓰러졌다. 그대로 습관적으로 엑센트릭 박스를 천장에 던지려다가, 그만둔다. 또 마시로에게 한 소리 듣기는 싫다.

"양이 한 마리. 양이 두 마리……."

미츠루기는 엑센트릭 박스를 던져두고 잠을 청하기로 했다.

식사하고 씻기까지 했다면, 남은 것은 자는 것뿐이다.

오후 10시. 양이 3백 마리 정육 되었을 무렵, 미츠루기는 눈을 감고 오늘의 활동을 마쳤다.

그래서 그는 모른다. 멀지 않은 곳에서 번쩍, 하고 밤이 내려온 어둠을 가르는 새카만 섬광이 뱀처럼 퍼지더니 이지러진 달과 포개졌다는 것을.

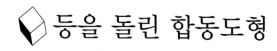

등을 돌린 합동도형

그것이 꿈이라는 건 바로 짐작이 갔다.

매일 밤 꾸는 꿈이다. 이미 이 꿈을 꾸는 것까지가, 미츠루기에게 루틴화된 하루에 포함되어 있다고 봐도 무방하다.

적당히 각색된 과거를 더듬는, 흔해 빠진 꿈이었다.

그곳은 따뜻한 빛의 조명에 물든 거실. 나뭇결이 보이는 벽과 낡았다는 점에서 오히려 선호할 듯한 가구. 한편으로 시대를 이야기하는 TV나 식기세척기도 완비되어 있어 각자의 역할을 다하고 있었다. 요람 같은 양상을 보이며 앞뒤로 흔들리는 의자에는 나이에 걸맞게 색바랜 머리카락을 가진 아버지가 있었는데, TV에서 흘러나오는 애니메이션을 가끔씩 싱거운 해설을 붙여가며 보고 있었다. 가볍게 화장을 하고 요리를 나르는 젊은 어머니가 그 해설을 비꼰 덕에 웃음으로 변했다.

바닥에 드러누워 책을 읽던 소년 역시 아버지의 부름에 의자에 앉았다.

"잘 먹겠습니다."

세 사람이 같은 다이닝룸에서 손을 모은 뒤, 여러 대화를 나누면서 식사를 진행했다.

아버지가 우스운 짓을 하면 어머니가 어이없어하고, 소년이 살짝 굳은 얼굴로 웃는다.

가족은 여러 복잡한 사정을 갖고 있었다. 그래도 이 광경은 그럭저럭 행복의 형태를 그리고 있었을지 모른다고, 12살의 자신을 TV 속에서 객관시하며 항상 미츠루기는 생각한다.

복잡한 사정이란 어느 가족에게나 있는 것이다.

미츠루기 가의 경우, 예를 들면 그것은 아버지의 일이자 어머니의 입장이었다.

아버지가 무슨 일을 하는지 소년은 잘 알지 못했다. 다만 남에게 말하고 다닐 수 없는 일이라는 것은 이해하고 있었다.

어머니는 소년에게 두 번째 어머니였다.

하지만 어느 쪽이든 그것이 소년에게, 혹은 가족에게 영원히 메워지지 않을 틈이 될 것이라고는 생각지 못했다. 어째서인지 고액의 돈을 가진 아버지와 매우 인위적인 행복을 연출하는 어머니를, 소년의 마음은 아직 어떻게 대해야 할지 모른 채 흔들리고 있었지만, 그 흔들림도 언젠가 멎을 것이라고 소년은 막연히 생각하고 있었다.

소년은 그럭저럭 행복했다.

그러나 미츠루기는 알고 있다. 이것은 그 행복이 무너지기까지의 과정을 추출해 재현한 꿈이라는 걸.

계절은 눈 깜짝할 새 흘러간다.

"──노오토!"

어깨에서 피를 흘리는 아버지가 파래진 얼굴로 현관을 연다. 아버지는 아내보다 먼저 소년을 안더니 집 지하에 만들어 둔 창고로 들어갔다. 넓지도 좁지도 않은, 대량의 먼지만이 흩날리는 잿빛 창고에서 아버지는 핏기가 가신 얼굴로 웃으며 소년에게 말한다.

"양을 천 마리 출하하기 전까지는 여기서 나오지 마라."

소년은 사정을 절반도 모른 채로 고개를 끄덕였다. 아버지는 걸쳐놓은 사다리를 타고 올라가 창고 밖으로 나가더니 천장에 달린 네모난 문을 닫았다. 어머니가 창고로 들어오는 일은 없었다.

잿빛 공간이 빛을 잃고 캄캄한 어둠이 찾아왔다. 냉기와 먼지만 느껴지는 그곳에서 등을 땅에 댄 채로 소년은 시키는 대로 양을 셌다.

"……양이 한 마리. 양이 두 마리."

심장이 평소보다 빠르게 뛰고 있다. 쌀쌀한데도 미지근한 땀이 축축하게 흘러나왔다. 잠이 들 기색은 없었다. 숨을 껄떡이며 작은 소리로 양 백 마리를 세는 소년을, 미츠루기는 캄캄한 공간에서 보고 있었다. 보이지 않을 텐데도 보인다. 이것이 각색이다.

창고까지 들리게 총성이 난 것은 그로부터 얼마 후였다.

연속해서 세 발의 총성이 났고. 곧이어 세 개의 발소리가 천장을 뛰어다녔다.

첫 번째 총탄에 감고 있던 눈을 번쩍 떴고, 두 번째 총탄에 심장이 죄어들었으며, 세 번째 총탄이 조소하자 소년은 창고 안에서 떨었다.

왜 나는 혼자 이런 데 있는 거지?

아버지의 일이 트러블을 집까지 끌어들였다는 건 알고 있었다. 아버지는 자신이 하는 일에 대해 밝히지 않았지만, '이럴 때' 어떡해야 하는지는 빠르게 알려주었다.

──그냥 숨어 있으면 돼.

그래. 자신은 그냥 숨어 있으면 된다. 그래서 숨어 있다. 이 행동은 올바른 것이다.

하지만 모르겠다. 올바른 일을 하면 자신은 행복해질 수 있는지 모르겠다.

지금까지 이런 일은 일어난 적이 없었으니까.

양을 천 마리 세면, 아버지와 어머니는 또 그럭저럭 행복을 줄까? 언젠가는 그것이 더할 나위 없는 행복으로 바뀔까? 자신이 아무것도 하지 않더라도, 아버지와 어머니는 여전히 곁에 있어줄까?

"양이 104마리. 양이 105마리……."

아버지는 나쁜 사람이었을지도 모른다. 어머니를 진짜 어머니라고 부를 수 없을지도 모른다.

그래도 둘은 자신에게 '좋은 부모'이고자 해주었다.

어머니는 어머니로서 피가 이어지지 않은 자신을 키웠고, 아버지는 아버지로서 자신을 지켜주고 있다.

"양이 106. 양이 107……!"

돕고 싶다. 하지만 어린 자신이 뭘 할 수 있을까? 이 창고를 뛰쳐나가 뭘 할 수 있을까?

"양이 108. 양이 1, 0, 9."

어둠 속에서 소년의 이가 딱딱 소리를 내며 서로 부딪친다. 윗니가 '겁쟁이!'라고 매도하면 아랫니가 '키워준 은혜도 모르고!'라고 호통을 친다.

자신이 살해당하는 일이 있어서는 안 된다. 아버지와 어머니가 슬퍼하니까.

적어도 이때의 미츠루기는 아직 그런 생각을 하고 있었다.

하지만 동시에 자신 따위는 내팽개치고 돕고 싶다고도 진심으로 생각하고 있었다.

"양이……."

하고. 양을 110마리까지 셌을 때, '그것'은 갑작스레 소년 앞에 나타났다.

전조도 기척도 없이. 소리도 냄새도 없이. '그것'은 마치 처음부터 거기 있었던 것처럼 똑똑히 밀폐된 어둠 속에 떠 있었다. 이것도 일단 각색이다. 정확히는 빛 하나 없는 장소에서 그것은 완전히 어둠에 동화되어 소년의 눈은 그 상자를 상자로 인식하지 못했다. 하지만 분명히 '그곳에 뭔가 나타났다'라는 느낌은 있었다.

그리고 어둠에 적응한 소년의 눈앞에서 '그것'은 갑자기 망막을 불살라버릴 듯 눈 부신 빛을 발하며 인간형으로 전개했다.

추정 키는 130cm. 소년보다 어느 정도 작은 소녀가 된 '그것'이 입을 연다.

"미츠루기 노오토 님. 당신은 희생물로 선택됐어요."

'그것'은 소년이 이해하기도 전에 말했다.

"저는 당신의 소원을 들어주는 입방체—— 엑센트릭 박스예요. 저는 원한다면 1분 동안 당신에게 소원을 이루기 위한 힘을 줄 수 있어요."

꿈이라도 꾸는 건가 소년은 생각했다. 그러나 꿈치고는 가슴이 매우 리얼하게 뛰었다.

'그것'은 변성기도 모르는 소녀의 음색으로 말한다. 매우 정중한, 인간미 없는 말을 쓰며.

"다만 대가로서 당신을 구성한 여러 요소 중에서 매번 하나를 추출해 저에게 바쳐줘야겠어요. 당신에게는 매번 그 요소를 포기할 것인지 말 것인지 선택의 기회가 주어져요. 거부하면 그 요소를 잃을 일은 없지만, 힘을 얻을 수도 없어요. 또 추출한 요소는 매번 랜덤하게 선발되지만, 힘을 포기한다고 해서 그 순번이 바뀌는 일은 없어요."

이쯤에서 소년은 머릿속에서 '어째서'를 배제했다. 어둠 속에서 흘러나오는 말에 모든 신경을 쏟아붓는다.

"또 미리 말씀드리자면 각종 소원 중에서 '죽은 인간을 되살린다'라는 것만은 이룰 수 없으니 주의해 주세요. 참고로 힘을 행사하는 경우, 당신이 대가를 치르는 동시에 그 대상의 기억 속에서 당신의 존재를 지울 거예요."

텍스트를 입력시킨 기계처럼 나불나불 억양 없는 말투로 최저한의 정보를 밝힌 '그것'은 "자, 그럼" 하고.

잠깐의 틈을 둠으로써 일방적으로 사무적인 이야기를 매듭지었다.

"뭔가 질문할 건 있나요?"

미리 짠 것처럼 천장에서 새로운 총성이 울렸다.

어떻게 여기 들어왔지? 왜 내 이름을 아는 건데? 엑센트릭 박스라니? 희생물이라니? 너는 대체 누구인데?

'뭔가'라고 물어도 명확하게 '이거다'라고 꼽기에는 너무나도 많은 질문거리였다.

　그러나 소년은 12살의 나이에도 알고 있었다. 시간은 유한하다는 걸. 그것은 병사한 첫 번째 어머니가 몸소 가르쳐 준 것이었다.

　『죽은 인간을 되살릴 수는 없다.』

　그렇다면 사소한 의문은 큰 소원의 족쇄가 된다.

　"그 힘은……."

　라고 소년은 묻는다.

　"그 힘은…… 남을 도울 수 있어?"

　"네."

　라고 소녀가 답한다.

　————이렇게 해서 운명의 바퀴는 일그러졌다.

　"그럼 나는 돕고 싶어! 아버지를, 어머니를!"

　"그럼 그걸 위한 힘을 드리죠."

　소녀는 한 걸음 소년에게 다가갔다.

　어둠은 짙고, 역시 그 모습이 소년에게는 보이지 않는다.

　"대가는 타산의 감정인데요?"

　"뭐야, 그런 거야?"라고 소년은 말한다.

　"그래. 그건 나한테 필요 없는 것이야."

　"알겠습니다."

　살짝 고개를 떨어뜨리며 소녀는 말한다.

　"그럼 실례합니다."

　다음 순간 도저히 소녀에게서 나왔다고 볼 수 없는 강력한 일

격이 소년의 배를 꿰뚫었고, 그 몸은 날아가 창고 벽에 부딪혔다. 고압 전류에 닿은 것처럼 찌릿한 통증이 온몸에 퍼진다.

"어윽, 허억!!"

소년은 오열하면서 자신의 내부에서 꿈실거리는 변화를 느꼈다.

──이거라면, 되겠어.

자리에서 일어나 사다리를 빠르게 올라간 소년은 천장의 문을 열었다.

따뜻한 색의 빛이 어둠을 들춘다.

권총을 든 검은 옷을 입은 남자가 셋. 세 사람 다 억세 보이는 덩치를 가졌다. 총구의 끝은 아버지와 어머니를 겨누고 있다. 양쪽 다 가슴에서 피를 흘리며 바닥에 쓰러져 있다.

"그럼 1분간의 『카미시로』 타임을 시작합니다."

창고에서 앳된 목소리가 나고, 소년의 눈이 새빨갛게 물들었다.

소년은 토석류처럼 북받치는 잡다한 감정을 외침으로 바꾸며 남자들에게 달려들었다.

아무런 주저도 없이 트리거를 당겼고, 소년은 탄환에 어깨를 맞았다.

하지만 탄환이 피부를 꿰뚫는 일은 없었고 플라스틱에 튕겨 나간 것처럼 튀어 벽을 파고들었다.

순간적으로 주춤하는 남자. 소년은 남자에게서 권총을 빼앗고, 남자의 턱에 총구를 들이댄 다음 바로 방아쇠를 당겼다. 선혈을 뿌리면서 탄환의 기세에 밀려 쓰러지는 남자다.

그런 식으로 나머지 둘도 싱겁게 12살 아이에게 목숨을 잃었다.

시체 위에 각각의 총을 내던진 소년은 시야를 가로막는 피만 닦아냈다.

"아빠! 엄마!"

경이로운 격퇴를 마치고, 부모님 곁으로 간다.

"……노오토……?"

두 사람은 당장에라도 꺼질 듯한 생명의 불꽃을 불태우며 자기 자신을 바라봤다. 그 '생(生)'을 공경하면서도 위화감을 느낄 수밖에 없었다.

이──, 피에 젖은 아이는 대체 누구일까……?

"지금 구해줄게!"

소년은 두 사람의 가슴에 손을 얹었다.

상처는 금세 아물었고, 눈 깜짝할 사이 두 사람의 얼굴에는 생기가 돌아왔다.

"노오토!"

엄마는 위화감과 함께 아들을 끌어안았다. 한발 늦게 아버지도.

──살았어. 소년은 사랑의 온기 속에서 충족감을 느꼈다.

"도망치자. 셋이서."

아버지가 말한다.

"미안, 노오토. 무섭게 해서."

어머니가 말한다.

"…………"

아아. 이건 행복으로 가는 도피겠지, 소년은 생각했다.

"1분이에요."

──라고 '생'을 곱씹는 세 사람 사이에 끼어든 소녀. 금발에 금색 눈동자. 아침을 저녁놀로 그을린 듯한 색의 옷. 작은 덩치로 벌떡 일어서는 소녀를 보고 놀라울 정도로 이미지와 똑같은 모습이라며 소년은 웃었다.

　　경계와 격퇴의 자세를 보이는 부모님을 소년은 달랬다.

　　"이 아이는 아마, 괜찮을 거야."

　　자신들을 어떻게든 구해준 아들의 말이라면 두 사람은 받아들이는 수밖에 없었다.

　　"그럼 타산의 감정을 가져갈게요."

　　소년은 자신을 내려다보는 소녀를 향해 고개를 끄덕였다. 저항할 마음은 없었다. 원래 그런 조건으로 인간을 초월한 힘을 얻었으니까. 이제부터 자신은 뭔가 특별한 일을 당할 것이고, 주어진 힘과 감정을 빼앗기겠지.

　　"아빠, 엄마."

　　소년은 마지막으로 타산했다. 손실과 이득을 환산했다.

　　"우리 가족은 행복할까?"

　　그렇게 물음으로써 환산한다.

　　"앞으로 행복해지면 되지."

　　그렇게, 아버지와 어머니가 답한다.

　　"……그리게."

　　그렇게 생각한다면 두 사람은 앞으로 행복을 향해 나아가겠지. 그렇다면 내 선택은 옳았던 거야.

　　이때 인생의 마지막 손득(損得) 감정에 의해 결정지어졌다.

소년에게 득이란── 행복이란──, 남을 행복하게 하는 것이라는 걸.

소녀의 입술이 자신의 그것과 포개진다.

거기에는 놀라움이 있었다. 거기에는 수치심이 있었다. 그리고 거기에는 납득이 있었다. 주어진 능력과 함께 자신의 타산이라는 감정이 사라지는 걸 느꼈다. 아버지와 어머니는 막연히 그 모습을 바라보고 있었다.

"그럼 또 만날 그날까지."

소녀는 입술을 떼더니 그렇게 말하고는 공간과 함께 슈르륵 수축하더니 가로세로 20cm의 입방체로 모습을 바꾸었다.

동시에 소년을 압도적인 폭력이 덮쳤다.

아버지의 구타에 고막이 찢어졌고, 어머니의 절규는 매우 멀리서 들렸다.

"누구야, 너는?!"

"피투성이 아이를 보내다니!"

소년은 의식을 잃은 후에도 한동안 얻어맞았고, 계속 걷어차였다. 미츠루기는 떨어진 가족사진 위에서 그것을 바라봤다.

소년이 눈을 떴을 때, 그곳에 아버지와 어머니의 모습은 없었다. 아무래도 무사히 도망친 모양이다.

기억을 잃은 아버지의 폭력은 6월의 비와 같았고, 어머니의 냉정함은 낡은 금속 같았다.

이렇게 되리라는 것을 소년은 알고 있었다. 소녀의 말은 도중부터 곱씹을 수 없었지만, 그것을 씹지 못한 채 그대로 삼킨 소년은 부모님을 돕고 싶다고 바람으로써 자신의 존재가 부모님 안에서 사라졌다는 걸 알고 있었다.

피에 젖은 난생처음 보는 아이가 갑자기 눈앞에 나타나면, 누구든 그것을 배제하려 할 것이다. 결코 '무슨 일이니?'라고는 묻지 않는다. 하물며 두 사람처럼 위협에 쫓기는 사람이라면 그럴 여유가 없다. 그러니까 이렇게 되는 것은 필연이었다.

"……아파……, 아, 파……."

알면서도, 알던 대로 되었는데 소년은 계속 울었다.

몸이, 마음이 아파서 계속 울었다.

이제 둘이 자신을 사랑해 주지 않는다는 사실에 울었다. 행복을 자기 손으로 끊어버렸다는 사실에 울었다. 그렇게 할 수밖에 없었다는 사실에 울었다. 피투성이, 멍투성이가 된 소년은 작은 몸을 동그랗게 말고 울었다. 심장을 쥐는 느낌에 울었다.

움직임만 없었더라면, 미츠루기에게는 땅에 엎드린 소년이 이름 모를 세 사람의 시체와 똑같아 보였다.

하지만 딱 하나 현재를 생각해 우는 일은 없었다.

통증을 느끼며 울었다. 이제 가족이 없다는 사실에 울었다. 하지만, 그 상황을 '불행'이라고 생각하며 울지는 않았다. 그럴 수 없었다. 빼앗긴 타산에는 그 안에 있던 타인과의 비교 기준도 포함되어 있었다.

그는 미래를, 혹은 과거를 생각하며 울었지만, 현재를 한탄할 수는 없었다.

소년은 자신이 지금 '불행'하다는 걸 실감하지 못하고 있었다.

그래서 소년은 충분히 울고 나서 행동을 개시한다. '행복'해지기 위한 행동을 개시한다.

그는 '불행'이 뭔지는 모르지만, '행복'이 무엇인지는 알고 있었다. 그것은 감정과 직결한다.

자신 따위는 내버리고 남을 돕고 싶다. 창고에서 진심으로 생각한 것이었다.

그런다고 슬퍼할 사람은 이제 없다. 그렇다면 자신이 스러질 때까지 남을 도울 수 있다.

소년은── 미츠루기 노오토는 결의했다. 뜻했다. 남을 돕기 위해 살아갈 것을.

타산이 없는 미츠루기에게 '남을 돕는 것'이란 무상 봉사를 뜻했다.

이렇게 해서 그의, 자신을 최저한으로 낮춘 인생이 시작된다.

그것은 미츠루기에게 '행복'한 인생의 시작이었다.

"하지만 여기서 꿈은 끝나지 않아."

미츠루기는 꿈으로 인생을 간접 체험한다. 그것은 전혀 인상적인 하루가 아니다.

미츠루기는 꿈으로 여러 날을 여행한다. 잠들기 전날까지 초농축시켜 재현한 꿈을 꾼다.

그러니까 이 이야기는 각색. 부모님과의 이별도, 미츠루기의 꿈에서는 1초도 채 안 되어 생긴 일이다.

'가정 사정'으로 혼자가 된 그에게 이전보다 더 다정하게 대해 주게 된 마시로.

서서히 인간미를 띤 말투를 쓰게 된 엑센트릭 박스.

차츰 같은 행복을 되풀이 함으로써 인간미를 잃어 가는 자신.

엑센트릭 박스에게 양도한 요소가 주인에서 잊히는 것을 거부하는 것처럼, 꿈은 과거의 재현을 거듭한다.

점점 무감동, 무감정해져 가는 자신을 바라보는 미츠루기. 그러나 소모되어 가는 자신 옆에는 항상 구원받은 사람이 있었다. 둥근 꽃 모양이 그려진 시험 답안지를 받은 중학교 동급생. 불륜 관계를 끝낸 담임교사. 길 잃은 개를 끌어안은 노파. 하늘로 날아가 버린 풍선을 손에 든 아이. 전부 웃고 있었다. 그것을 보기만 해도 미츠루기는 '행복'에 다가가는 느낌이 들었다.

──그리고 보니 어제 그 소녀는 어디 갔을까.

그런 의문을 품기까지 꿈은 현재에 가까워졌고, 그리고.

꿈속의 미츠루기가 잠듦과 동시에 현실의 미츠루기는 잠에서 깨어났다.

"…………뭐 하고 있어?"

몸을 짓누르는 중량감은, 초등학생 여자아이 한 명분이다.

침대에서 잠든 미츠루기의 허리에 걸터앉은 스크램블이 불쑥 얼굴을 들이민다.

금색 트윈테일이 중력에 축 늘어져 양쪽 뺨을 감싼다.

"키스해 보고 싶어!"

입을 열자마자. 일어나자마자 한 요구였다.

이제나저제나 허락을 기다리며 금색 눈동자가 반짝이고 있다.

한숨을 한 번. 미츠루기는 수치심 없는 소녀를 내려놓았다.

완만한 동작으로 침대에서 굴러 내려와, 부엌에 있는 냄비에 불을 켰다.

"안 돼."

"에이——! 왜, 왜?!"

완전히 소녀의 말투가 입에 붙인 그녀는 관심받고 싶어 하는 어린아이처럼 미츠루기의 소매를 쭉쭉 잡아당겼다.

어지간히 별나다고 매일 미츠루기는 생각한다.

만났을 당시에는 그렇게 정중한, 인간답지 않은 말투를 썼는데.

——스크램블. 상자형일 때와 인간형일 때를 구별하기 위해 그는 그녀를 그렇게 부르기로 했다.

이름에 큰 의미는 없다. 베개나 거울이라는 이름에 식별기호라는 것 이상의 의미가 없는 것처럼. 그 이름에도 뭔가 특별한 마음을 담지는 않았다. 빙빙 도니까 소용돌이. 찻잎에서 추출하니까 차. 아마 그 이상의 단순함일 것이다.

그날 잃었던 책의 장 제목이 스크램블. 그래서 소녀는 스크램블이다.

"왜 키스하면 안 되는데——?"

미츠루기는 커튼을 걷어 꿉꿉한 방에 햇빛이 비쳐들게 했다.

스크램블의 옷이 또 취향이 고약한 일곱 가지 색으로 바뀌었다.

"내가 하고 싶지 않으니까."

스크램블은 만난 지 1년이 지나자, 이렇게 모르는 건 바로 묻게 됐다. 보통은 굳이 묻지 않더라도 감각으로 알 텐데, 그녀로서는 그 감각이 누락되어 있는 케이스가 많다.

"키스라는 건 서로 좋아하는 사이가 아니라면 해서는 안 돼."

"노오토는 내가 싫어?"

스크램블은 탁 터놓고 의문을 입에 담는다. 상처 입을 마음이 없으니까.

그 모습은 마치, 전장에서 갑옷이 거추장스럽다고 벗어던지는 병사 같았다.

"넌 나를 좋아해?"

"으음……."

입에 손을 대고 고민하길 몇 초. 손가락으로 딱 소리를 내며 스크램블은 답한다.

"모르겠어!"

소녀는 순수하게 미츠루기를 올려다본다. '좋아한다'라는 게 무엇인지 알려 달라며 올려다본다.

그녀는 미츠루기에게 다양한 요소를 빼앗아 왔지만, 아직 수치심이나 애정을 배우지는 못했다. 그것 아직 미츠루기가 가지고 있었다.

"모르겠다면 키스는 해선 안 돼."

"하지만, 하지만, 하지만!"

스크램블은 매달린다.

"『카미시로』 타임 이후에, 항상 하잖아?"

"그건 키스가 아니야."

"그럼 뭔데?"

"계약이야."

자신을 구성하는 요소를 건넨다는 조건을 받아들여, 1분 동안 『카미시로』라고 불리는 특별한 힘을 다룰 수 있는 상태가 된다. 『카미시로』가 끝나면 키스를 하고 조건대로 요소를 내어준다. 이 일련의 과정을 인신 공양의 계약이라고 부른다.

타산. 슬픔. 키스의 맛. etc. 미츠루기가 잃은 요소는 전부 스크램블에게 환원되어 있었다. 미츠루기가 인간미를 잃으면 잃을수록, 스크램블은 인간에 가까워진다. 요소와 힘을 교환한다──, 그것이 희생물과 엑센트릭 박스의 관계다.

"계약은 키스가 아니야."

"하지만 키스하고 있잖아?"

이거 원. 미츠루기는 이론적인 싸움을 포기했다.

"나는 소원을 이룰 때 말고는, 너랑 키스하고 싶지 않아."

"내가 싫어서?"

"따로 좋아하는 사람이 있기 때문이야."

마시로를 사랑하는 이상, 장난삼아 키스해서는 안 된다. 그건 마시로를 상처 입히는 일이니까.

"네──."

시시하다는 듯 답한 스크램블은 원탁 앞에 앉았다.

마시로가 만들어 준 카레를 폭이 넓은 그릇에 담고, 전자렌지에 데운 밥을 던져넣는다.

"잘 먹겠습니다."

"잘 먹겠습니다."

두 사람은 짝, 하고 손을 모았다.

■

　식사를 마친 스크램블은 "잘 먹었습니다"라고 인사한 뒤 상자로 돌아갔다. 부르기 전까지는 기본적으로 이렇게 상자의 모습을 한 스크램블이지만, 여러 감정을 얻은 후로는 가끔씩 자기 의사로 소녀의 모습으로 변해 미츠루기와의 커뮤니케이션을 꾀한다.

　미츠루기가 다른 사람이 있는 앞에서는 자주적인 전재를 하지 말라고 제한했기 때문에, 평소 스크램블이 먼저 말을 걸 수 있는 상대는 미츠루기밖에 없다.

　『──를 하고 싶어.』 『──에 대해 알려줘.』

　하는 말은 대부분 그런 요구다.

　항상 그녀의 자발은, 그녀를 위해 재촉당한다.

　"잘 먹었습니다."

　미츠루기는 자신의 그릇을 물에 담그고 옷을 갈아입은 뒤 방을 나선다. 항상 들고 다니는 파우치에 지갑과 엑센트릭 박스를 담고서.

　아침 10시. 평일의 바깥은 이른 시간에 소란스러움을 쏟아냈기에, 들려오는 것은 매미 울음소리뿐이다.

　이웃인 712호실을 돌아본다. 우편함에는 신문이며 광고지가 꽉꽉 들어차 있었다.

　여전히 방 안에서는 소리 하나 나지 않으며, 거무스름한 문이 열리는 것을 미츠루기는 본 적이 없었다.

"밤낮이 뒤바뀐 거겠지."

미츠루기는 계단을 이용해 가장 아래층으로 내려갔다.

천장 구석에 거미줄이 쳐진 좁은 통로를 지나, 녹슨 지붕이 딸린 주차장을 곁눈질하며 거리로 나간다.

"노오토——!"

가려고 하는데 위에서 또랑또랑한 목소리가 들렸다. 뒤를 돌아보고 고개를 드니, 14층 구조의 맨션 중간에서 교복을 입은 마시로가 씩씩하게 손을 흔들고 있었다. 주름 하나 없는 3부 세일러복이 태양 빛에 반짝였다. 가슴에 달린 리본을 팔랑팔랑 흔들며.

오늘은 아침부터 취주악부 활동이 있나 보다.

아무렇지 않게 손을 흔드는 미츠루기다.

"카레는 먹었어?"

"그래."

"그럼 정리할 테니까 문 좀 열어줘."

커다란 제스처는 아래에서 봐도 똑똑히 보였다.

"열려 있어."

"문은 잠그라고 항상 그랬잖아——!"

"그래, 미안해."

"정말."

뾰로통해하면서도, 곧 포기한 듯 웃더니,

"그럼 멋대로 들어가서 정리한다."

마시로는 계단을 이용해 8층에서 7층으로 내려갔다.

"그래."

보이지 않게 된 뒷모습에 대고 말한다.

마시로는 미츠루기와 마찬가지로 고등학생이 된 후 자취를 시작했다. 학교는 미츠루기와 다르지만, 여기서도 충분히 다닐 수 있는 거리란다.

미츠루기로서는 마시로가 왜 집을 떠나 현외에 있는 고등학교에 진학했는지 알 수 없었다. 미츠루기의 경우는 간단하다. 그 집에 있고 싶지 않았기 때문이다.

그 집에 있으면 가끔씩 이유 없이 슬퍼지니까.

마시로는 왜 이 맨션을 고른 걸까.

"……남의 사정 따위는 모를 일이니까, 라."

빠르게 단념한 미츠루기는 발길을 돌렸다.

■

미츠루기의 하루는 정형화되어 있었다. 패턴은 학교에 가는 케이스와 가지 않는 케이스, 2가지다. 여름방학 동안에는 학교에 가지 않는 패턴으로 행동한다.

아침에 깨면 아침식사를 마치고 점심 전에 집을 나선다. 이때 고를 수 있는 목적지는 두 가지다. 파도 소리를 실어나르는 해안과 사람들로 북적이는 상점가.

오늘의 미츠루기는 거리로 향했다. 은행에서 돈을 인출해 마시로가 말한 식재료를 사기 위해.

미츠루기에게는 많은 예금이 있었다. 중요한 때 쓰라고 아버지가 입금해 준 것이었다.

엑센트릭 박스는 그 힘을 행사한 자의 기억을 행사 당한 자 안에서 지운다. 그렇게 해서 초월적인 힘과 미츠루기와의 인연은 '없었던 것'이 된다.

다만 그 이전에 한 행동까지 사라지는 것은 아니다.

처음으로 가족이 되었을 때 찍은 사진은 그대로 남았고, 아버지가 아버지로서 알려준 계좌번호가 달라지는 일은 없었다. 미츠루기는 그 돈을 야금야금 쓰면서 생활하고 있다. 한동안 재원은 바닥나지 않을 듯했다.

집에서 1시간 정도 걸어가면 나오는 아케이드 몰── 라쿠지츠 스트리트. 진홍색 타일이 2km 정도 쭉 깔려 있고, 사광(斜光)을 이미지한 노란 그러데이션 아치가 하늘을 가린다. 죽 줄지어 선 상업시설은 시의 규정 때문에 전부 외벽을 어두운색으로 칠했다. 쌓아 올린 벽돌 블록과 가로등처럼 일정 간격을 두고 늘어선 가느다란 전등이 짓궂은 향수를 자아낸다. 라쿠지츠 스트리트는 언제 와도 해 질 녘 같다.

손님을 부르는 목소리는 부드럽고 판매하는 물건 중에 파격적인 것은 없다. 식품이든 코디용품이든, 다들 어디서 본 적이 있는 것들뿐이다. 파스타의 맛은 기대 이하고, 목걸이는 한눈에 보기에도 무언가를 본떴다는 걸 알 수 있다.

가끔씩 갈림길이 눈에 띄는, 마을의 중심에 자리 잡은 듯한 이 아케이드 몰은 단순히 어디론가 가는 지름길로서도 빈번히 쓰이고 있다.

정장. 교복. 어부. 뮤지션. 노인. 아이. 자동차. 롤러스케이트. 스니커. 펌프스. 누굴 기다리는 사람. 기다리며 초조해하는 사람. 좌우로 잡다한 사람들이 지나간다. 하늘을 꾸민 저녁놀은 그들의 귀로에 오른 것처럼 보이게 했다.

미츠루기는 거리에 있는 ATM에서 돈을 인출한 뒤, 같은 거리에 있는 슈퍼로 향했다.

그러다가 작은 위화감을 느꼈다.

"……뭘 하고 있나?"

거리의 폭은 넓다. 미츠루기를 기억하는 사람이 전부 나란히 늘어서도 아무런 지장이 없을 정도다. 그러니까 당연히 양쪽 어디로든 통행할 수 있다. 이변은 거기 있었다.

어느새 거리에 있는 전원이── 아니. 남성들만이 조용히 북쪽으로 가고 있었다.

소년이든 할아버지든. 기타리스트든 직장인이든. 자동차든 스니커든. 전원이 명확한 의사를 가지고 어디론가 향하고 있다.

어떤 사람은 가방을 내던지고. 어떤 사람은 휴대용 게임기를 놓고도 아랑곳하지 않는다.

미츠루기는 그 게임기를 주워 주인에게 건네려 했다. 주인은 그것을 받지 않았다. 황홀한 표정으로 앞만──, 그 앞에 있는 것을 바라보며 걷고 있있다.

미츠루기는 주변을 둘러본다.

뺨을 붉히며 초점을 위로 맞춘 남자들이 한낮의 석양을 향해 맹진하고 있었다. 각각의 걸음은 느리더라도, 수많은 일렁임이 개

개의 직진을 행진으로 바꾸어 멈출 수 없는 기세를 낳는다.

몰의 이벤트치고는 너무 사람이 몰렸고, 아이돌 콘서트라고 보기에는 너무 광기가 어려 보였다.

"……뭐지, 이건?"

그것은 흡사 워킹데드 같았다. 다른 무언가가 뇌에 기생했고, 직진하는 모습은 실을 더듬으며 나아가는 인형 같다.

갑자기 잔혹 영화 속으로 들어온 건가 했다. 카메라맨은 없다. 공중 촬영은 불가능하다.

미츠루기는 워킹데드 무리를 가르며 달린다. 집단의 의식을 지배하는 자가 있는 곳으로. 그 인간은 이들이 향하는 곳에 있다. 왜냐하면 대부분 영화에서는 그랬기 때문이다.

땀과 담배 냄새에 코를 누르며 달린다. 잔잔함을 잊은 바람처럼 진홍색 아케이드몰을 달린다.

그에게 피로란 없다. 그 요소는 이미 엑센트릭 박스에 담겼다.

땀 한 방울 흘리지 않은 채로 20명쯤 되는 인파를 빠져나갔을 때, 집단은 길을 텄다.

미츠루기는 열의 선두에 서 있었다.

그리고 그의 예상은 적중했다.

"싫어어어어어어!!"

철과 철이 부딪히는 듯한 비명이 라쿠지츠 스트리트에 울려 퍼졌다.

은색 머리카락. 보라색 눈동자. 우뚝한 코와 도톰하게 부푼 입술. 일본인답지 않게 단정한 외모. 몸이 흔들리자 새하얀 원피스가 나부낀다.

어제 해안 부근 공터에 있던 소녀가 거리 한가운데 몸을 비틀며 서 있었다.

그 소녀에게 비열한 미소를 띠며 다가가는 여러 남자. 어제와는 다른 인간이다. 그 너머, 안쪽에는 미츠루기의 뒤에 있는 것과 비슷한 수의 남자들이 있다.

전부 해서 42명의 남자가 소녀를 에워싸고 휘청거리며 다가갔다.

"살려줘어~!"

소녀는 원피스를 잡고 벗기는 남자들 속에서 도움을 청하고 있었다.

타산 없는 무상 봉사가 구난 신호를 수락한다.

"지금 도와줄게!"

미츠루기는 소녀에게서 무리 지은 남자들을 떼어냈다. 남자들은 미츠루기라도 쉽게 밀어낼 수 있었다.

물방울 모양 속옷을 노출한 소녀를 등 뒤에 숨기고, 주변을 에워싼 남자들에게 경계하는 시선을 보낸다.

"당신은 어제 본!"

"이게 어떻게 된 상황이야?"

"걷고 있었는데 갑자기 덮쳐들었어요! 성적으로요!"

"이만한 수가?"

"이만한 수가요!"

아래로는 7세부터 위로는 80세까지의 남성이 하나같이 인중을 실룩이며 소녀를 시간하고 있다. 주변 가게에 있는 여자들은 그 이상한 상황을 질투 어린 눈길로 노려보고 있었다.

소녀에게 그만한 매력이 있는 걸까? 곳곳에 흩어져 있던 남자들이 다들 선을 넘고 싶어질 만큼 엄청난 마성이. 여러 요소를 잃고 올바르게 성장하지 못한 미츠루기로서는 그걸 알 수 없었다. 하지만 돕지 말라고 해도 돕는 것이 미츠루기다. 원인을 모르더라도 도움을 청하면 들어줄 수밖에 없다.

"이 녀석들을 막아! 엑센트릭 박스!"

파우치에서 꺼낸 엑센트릭 박스를 그러데이션이 들어간 천장에 던진다.

번쩍! 눈 부신 빛이 몰을 감싸고, 한낮의 노을을 태양보다 짙은 흰색이 물들였다.

"스크램블, 등장!"

스크램블은 아치에 거꾸로 섰다. 늘어진 머리카락과 걷힌 치마가 그녀의 얼굴을 감싼다.

"대가는 파도 소리를 좋아하는 마음인데?"

"그래. 그건 나한테 필요 없는 것이야."

"그래!"

노을 색을 띤 치마를 착 하고 접으며 스크램블이 천장에서 내려온다. 꼭 영웅처럼 쭉 내민 손을 동글게 말고 미츠루기의 배로 내려온다.

"두두우우우우우우우우우우우우우우우우우우우우우우우웅!!"

"크허어어어어어어어어어어어억!!"

주먹에 맞은 등이 타일을 부순다. 흙먼지가 뭉게뭉게 피어오른다. 스크램블이 완만한 포물선을 그리며 비행해 인근 가게의 벤치에 앉는다.

——계약은 끝났다.

"……저기……, 괜찮으세요?"

소녀가 먼지 속을 걱정스레 내려다본다.

"……그래."

미츠루기는 먼지를 가르고 일어났다. 붉게 타오르는 눈을 하고서.

"이제 괜찮아."

주변을 에워싼 남자들은 스크램블에게 막혀 도망칠 길을 잃었다. 이제 그들과의 거리는 이마에 맺힌 땀방울이 똑똑히 보일 만큼 가까워져 있었다. 숨이 막혀오는 열기와 불쾌한 냄새가 코를 찌른다.

미츠루기는 엄지와 검지를 직각으로 세웠다. 그것을 머리 위로 치켜들며 호를 그린다. 한 번. 두 번. 세 번. 서서히 호는 확대되었고, 마침내 미츠루기의 가로나비를 웃돌 정도로 커졌다.

미츠루기는 손을 멈췄다. 그리고 그것을 가슴 앞으로 내렸다.

동시에 그의 손가락에서 갈색 밧줄이 튀어나왔다. 밧줄은 자기 의사를 가진 거대한 뱀처럼 남자들을 눈 깜짝할 사이에 감쌌고, 순식간에 쪼그라들어 전원을 한데 묶어놓았다.

위협은 우선 진압했다.

"……카우보이네."

황홀한 표정으로 중얼거리는 소녀다.

"왜 너를 덮치는 거야?"

"모르겠어요. 모르겠어요! 흐에에에에에엥!"

미츠루기의 가슴에 고개를 묻고 그녀는 울었다.

"……하지만, 멋졌어요."

히끅히끅, 소리 내어 울음을 참으며 미츠루기의 심장에 대고 중얼거린다.

"상대가 오빠라면, 쭉 보호받고 싶어요."

소녀는 빨개진 얼굴을 든다. 완벽한 미모 속에 나이에 걸맞은 미성숙함이 어우러졌고, 커다란 보라색 눈이 미츠루기의 눈을 살폈다.

분명 보호욕은 꽤 오래전에 잃었지. 미츠루기는 꿈에 나온 언젠가를 추상했다.

"미안, 그건 안 돼."

소녀의 어깨를 밀면서 뿌리쳤다.

"그럴 수가! 두 번 있었던 일은 계속 생길 텐데!"

미츠루기는 모순을 알아차렸다.

"너는………… 혹시 어제 일을 기억하는 거야?"

왜? 어째서? 그렇게 물으려던 말은 옆에서 끼어든 목소리에 뒤덮였다.

"1분이에요."

변성기를 모르는 소녀의 음색. 주어 없는 짧은 문장을 이끄는 정중함.

그것은 처음 만났을 당시의 스크램블을 연상케 했다.

"스크램블?"

아직 이를 것이라고 생각하며 소리가 난 쪽을 돌아보는 미츠루기.

그곳에는 소녀가 있었다. 스크램블과는 다른, 하지만 스크램블과 비슷한 나이대의 여자아이가.

삼각을 이룬 눈썹 위로 비스듬히 가른 물빛 머리카락──, 조심스레 밖으로 튀어나온 끝부분이 바람에 흔들린다. 선처럼 가느다란 하늘색 눈동자로 초점 없이 멍하니 미츠루기 쪽을 바라보며, 소녀는 한 양복점 안에서 모습을 드러냈다. 노을 색을 띤 베어 톱 드레스가 라쿠지츠 스트리트의 고풍스러운 분위기에 맞물려 돋보였다.

스크램블보다 각이 지고 갸름한 얼굴을 가진 소녀는 작은 몸에 뭐라 표현할 수 없는 허망함을 품고 있었고, 생긴 것 이상으로 차분해 보였다. 기운이 없다고 바꿔 말할 수도 있었다.

소녀는 무표정하게 걷고 있다.

또각, 또각. 힐이 타일을 두드리는 간격은 항상 일정하다.

마치 살아 있는 기계인 듯했다.

"⋯⋯치! 벌써?"

뒤에서 소리가 난다. 거칠고 난폭한, 자리기보다 때리는 듯한 무딘 커터칼 같은 목소리.

원피스를 입은 소녀가 내는 어리광 섞인 목소리가 커피에 떨어뜨린 설탕이라면, 그 목소리는 마치 케이크에 바른 소금 같다. 놀이공원이라면 형무소 같다. 꿈이라면 현실 같다. 그렇게 대비가 되었다.

목소리는 미츠루기의 옆──, 보라색 눈을 가진 소녀가 있던

쪽에서 났다. 그러니까 그 소리는 당연히 소녀의 목소리였고, 물론 소녀의 목소리가 아니었다.

——소녀가 서 있었다.

중력을 거스르며 온갖 방향으로 뻗은 은색 머리카락은 반항심을. 치켜 올라간 눈썹은 위압감을. 역삼각형 모양을 한 밤색 눈은 악랄함을. 도드라진 콧날은 신념을. 살짝 붉은 기를 띤 입술은 그의 세계를 향한 조소를 말보다 더 정확하게 표현했다.

소녀의 흰 피부는 소년의 적당히 탄 살로 탈바꿈했고, 옅은 털이 난 팔이 입술을 쓱쓱 닦아냈다. 소년은 팔에 묻은 붉은색을 흰색 원피스에 문질렀다. 아름답던 무색 캔버스는 피가 튄 것처럼 인공적인 붉은빛을 받아들였다.

"우웩……."

자기 모습에 본인도 토할 것 같다는 듯 소년은 구역질 소리를 내더니, 한숨을 내쉰다.

그리고 미츠루기를 치켜뜬 눈으로 바라보며 말했다.

"——안녕, 형."

기름에 불을 놓은 것처럼 그곳은 소란스러워졌다. 묶여 있던 남자들이 일제히 자신의 무실을 주장하기 시작했다. 왜 그런 짓을. 나쁜 의도는 없었다. 몸이 멋대로 움직였다.

멀찍이서 바라보는 여자들은 그런 남자들은 차가운 눈길로 바라보며 경멸했다.

"감상은?"

소녀는 소년이 되어 있었다.

나이와 키는 미츠루기와 비슷한 정도다. 하지만 미츠루기와는 정반대의 성질은 가진 소년이었다.

"그 아이는?"

"나야."

소년은 말한다. 간단한 덧셈이나 뺄셈의 답을 알려주듯.

"오히려 내가 아니라면 이 차림은 뭔데?"

낄낄거리면서 소년은 빙 돌면서 원피스 자락을 나부낀다. 그와 함께 옅은 정강이 털이 살랑거리며 바람에 흔들렸다.

"여장?"

"변신이지."

소년은 몸을 쭉 뻗으며 척추로 소리를 냈다.

"이상하네. 남자라면 당연히 그 여자에게는 설레야 하잖아. 외견으로 보나 목소리로 보나, 그 이외로 보나."

그의 말처럼, 미츠루기 이외의 남자는 다들 그녀에게 마음을 빼앗겼다. 시야에 들어오지도 않는 곳에서부터, 마치 암컷의 냄새를 맡은 짐승처럼 곧장 그녀를 향해 달려왔다.

미츠루기만이 그렇지 않다. 한 소녀를 전원이 요구하는 상황을 이상하게 인식했다.

"뭐, 이유는 대강 알고 있지만."

소년은 벤치에서 콧노래를 부르고 있는 스크램블을 힐끗 본다.

"너도, 그렇지?"

"1분이에요."

물색 머리카락을 가진 소녀가 소년 앞에 서더니 그렇게 말한다.

미츠루기는 소녀를 봤다.

생김새와 어울리지 않는 말투. 이 이상한 상황에 조금도 꿈쩍하지 않는 태도.

그녀는 아직 인간미가 없을 무렵의 스크램블과 닮아 있었다. 게다가 남들과는 다른 눈 색이, 그녀가 뭉뚱그린 유상무상과는 선을 긋는 존재라는 것을 알렸다.

"알——, 겠네요."

은색으로 물들인 머리카락을 짜증 난다는 듯 긁적인다.

소년은 몸을 굽힌다. 소녀는 발꿈치를 든다.

그렇게 해서 두 사람은 입맞춤을 나누었다.

잠깐인 듯 영원 같은 침묵이 흘렀다.

"그럼 실례합니다."

그녀의 몸은 금세 위에서 아래로 접혀 나갔다. 하이힐이 골격을 무시하고 흐물흐물 세로로 접히더니, 노을 색 드레스가 말려들어가고 두 팔과 함께 몸통이 먹혔으며, 안타까운 그림자를 띤 얼굴 역시 빨려들 듯 사라졌다. 악랄한 단자 형태로 공중에 뜬 색채의 집합체는 마지막으로 쏘오옥 하고 공간을 뒤트는 소리를 내며 쪼그라들더니 정합했다.

미츠루기의 눈앞에는 가로세로 20cm, 음산한 땅거미를 연상케 하는 색을 띤 기분 니쁜 입방체—— 엑센트릭 박스가 있었다.

중력을 떠올린 듯 떨어지는 그것을 오른손으로 받아내며, 흰 원피스에 피 같은 붉은색을 묻힌 소년은 기분 나쁘게 웃었다.

"나는 히무로 나츠메. 또 하나의 제물이야."

■

히무로는 달렸다. 미츠루기의 손을 잡아끌며. 뒤에서는 남자들의 "밧줄을 풀어줘"라는 요구가 탄핵처럼 미츠루기를 몰아붙였다. 어린아이부터 노인까지. 그들은 이미 자신들이 히무로가 분한 소녀에게 무슨 짓을 하려고 했는지 잊고 있었다.

히무로의 끼워 맞추기 덕이다.

"여기라면 괜찮으려나."

라쿠지츠 스트리트 내에서 길이 두 갈래로 나뉘는 곳에서 히무로는 멈춰 서서 거친 숨을 골랐다.

이미 남자들의 목소리는 들리지 않는다. 자전거. 펌프스. 스커트. 블라우스. 카페 점원. 여성 회사원. 누굴 기다리는 사람. 기다리며 초조해하는 사람. 주변에는 아무것도 모르는 여성들뿐이다.

"이, 1분——!"

다다다다다. 두 사람을 뒤쫓아 온 스크램블이 콩알 같아 보일 정도로 먼 곳에서 그렇게 말하며 털퍽 엎어졌다. 미츠루기의 피로는 모두 그녀의 것이다.

"그럼 다시 한번. 어제 보고 또 보네, 또 하나의 희생물."

지나가는 여성의 차가운 시선은 전부 히무로에게 쏟아졌지만, 아무래도 아프진 않은 듯하다.

"이야기를 계속할까 했는데, 먼저 계약을 끝맺는 게 나을 거 같네."

스크램블은 미츠루기의 이름을 부르면서 손을 뻗었다. 스크램블은 뒤로 돌아서 그녀를 번쩍 안아 들며 히무로에게 물었다.

"……왜 원피스 같은 걸 입고 있어?"

"그것부터 묻는 거야?!"

보통은 아닌가? 미츠루기로서는 모르겠다.

"이건, 그렇지…… 캐릭터성을 주려고. 원피스를 입은 여자아이가 오프 넥에 청바지를 입은 남자로 바뀌어도 금방 '그렇다'라는 걸 알아차리지 못하잖아?"

"왜 변장 같은걸."

"변신이래도."

"왜 변신 같은걸."

"1분──!"

미츠루기의 품 안에서 알람의 볼이 빵빵해져 있다.

하는 수 없이 미츠루기는 스크램블과의 용건을 먼저 마치기로 했다.

평소처럼 작게 숨을 들이마신 미츠루기는 품에 있는 소녀에게 사랑 없는 키스를 했다.

거기서 타성에 변화가 일어났다.

"응……."

미츠루기의 입안을 직은 혀가 더듬는다. 윗니를 훑고, 안쪽의 잇몸을 핥으며 단단해져 있는 혀를 휘감는다.

스크램블의 뺨은 붉어져 있었다. 새가 모이를 쪼아먹듯 연속해서 입술을 포개자, 서로 숨도 뜻대로 쉴 수 없었다. 이어서 금색 눈동자가 흥분한 기색을 띠었다.

"기분, 좋아……!"

"이제 됐잖아."

미츠루기는 스크램블을 다소 강하게 떼어냈다.

'키스의 맛'이라는 걸 그녀에게 넘겼다는 것을 깜빡하고 있었다. 그게 기분 좋은지 미츠루기로서는 알 수 없지만, 주변 사람들의 시선으로 보아 꽤나 배덕적인 광경이었던 듯하다.

"오——. 정열적인걸!"

히무로는 눈을 빛내고 있었다.

"좀 더——!"

스크램블이 두 손으로 미츠루기의 목 뒤를 감으며 조른다.

"안 돼."

단호하게 부정한다. 이 키스가 계약 이상의 의미를 갖게 해선안 된다.

"네——."

담담한 모습으로 스크램블은 답하더니 히무로의 엑센트릭 박스처럼 가로세로 20cm짜리 입방체로 돌아갔다.

미츠루기는 허리춤에 있는 파우치에 입방체를 담는다.

"자, 그럼. 우선 어디서 한숨 돌릴까."

히무로는 미츠루기의 손을 잡아끌고 근처에 있던 카페테라스로 들어가더니, 적당히 주문을 마치고 자리에 앉았다. 하는 수 없이 미츠루기는 맞은편에 앉는다. 앉는 부분이 꽃 모양으로 디자인된 검은 의자는 고상함과 오래된 정취를 느끼게 했다.

"그럼 무엇부터 이야기할까?"

제목을 잊은 재즈 넘버가 뒤에서 흐른다.

히무로는 엑센트릭 박스를 눈앞에 있는 둥근 테이블 위에 놓았다. 노을 색으로 물들어 있던 입방체에 테이블의 검은색이 섞인다.

"어떻게 날 기억한 거지?"

"그야, 잊을 수 없었으니까 그렇지."

엑센트릭 박스의 힘에 노출된 자는 모두 엑센트릭 박스와 그 사용자――, 희생물과 관련된 기억을 잃는다. 즉 어제 미츠루기와 만났다는 걸 히무로가 기억하는 것은 이상하다.

"아무래도 끼워 맞추기는 같은 희생물에게는 발생하지 않나 봐. 기억을 처리할 필요가 없기 때문이겠지. 엑센트릭 박스에게 확인한 데다, 실제로 시험해 봤으니 아마 틀림없을 거야."

보통 사람과 희생물 사이에는 이미 '엑센트릭 박스'라는 현상을 받아들이냐 하는 하나의 격차가 있다. 이미 '평범함'과 거리가 있는 희생물을 평범함에 맞출 필요는 없는 것이리라고 히무로는 결론지었다.

"그래."

물어야 할 것을 다 물어본 미츠루기는 일어났다. 테이블에 두 개의 동전을 올려놓으며.

"자, 잠깐! 벌써?!"

"그래. 알려줘서 고마워."

"아니, 아니! 더 있잖아?! '나 말고 또 희생물이…… 있다고……?!' 나, '첫 힘을 썼을 때의 감상은?'이나, '네 목적은 뭐야?!'처럼!"

미츠루기로서는 잘 알 수 없었다. 그렇기에 사과한다.

"그래, 미안. 나는 그런 의문을 품지 않는 단계에 이른 지 꽤 됐거든."

메이드복을 입은 점원이 주문한 음료를 가져왔다. 접객업인 만큼 히무로의 차림새를 보고도 얼굴에 새긴 미소는 굳지 않았다.

미츠루기는 하는 수 없이 자리로 돌아갔다.

"다른 희생물이 있을 가능성이라면 만나자마자 당연히 스크램블에게 들었어. 실제로 이렇게 만난 건 처음이지만, '아아, 역시 있었나' 이상의 감상은 없어."

"내가 여자로 변신한 이유는."

"아아……, 확실히 의문이기는 해. 변신은 취미로……."

"취미가 아니야!"

"그럼 제쳐두고. 어째서 쫓기고 있었는지는 똑똑히 물어보고 싶은데."

히무로는 득의양양한 미소를 띠었다.

"그렇지? 역시 신경 쓰이지──."

"그래. 왜 그런 걸 엑센트릭 박스에게 빌었는지도."

웬만한 수수께끼나 이상한 점은 엑센트릭 박스에게 물으면 금세 해명될 것이다. 히무로의 변신. 이성을 잃은 남자들의 욕정. 여자들이 보인 질투 어린 시선.

엑센트릭 박스에게 빌면 어떤 변화든 일으킬 수 있다.

"내가 뭘 빌었는지 벌써 알아?"

"아니. 하지만 그건 됐어."

미츠루기는 타인에게 흥미를 보이지 않는다. 그러니까 히무로의 소원에 흥미는 없다. 그가 알아야겠다고 생각한 것은, 일반인이 거친 행동을 하게 만든 이유였다.

누군가를 조종하면서까지 이뤄야 할 소원이라는 것이 미츠루기에게는 없다.

그러니까 미츠루기는 그의 소원 자체가 아니라, 그 소원을 갖게 된 심경을 듣고 싶었다. 같은 희생물로서.

"좋아. 그럼 우선 내가 뭘 빌었는지 이야기할게."

"아니, 아니. 그러니까 그건 됐대도."

"나는 두 가지를 빌었어. 미소녀가 되고 싶다는 소원과 인근에 있는 남자들을 사로잡고 싶다는 소원을."

히무로는 희희낙락 멋대로 떠들었다.

"어제오늘, 엑센트릭 박스는 그 소원을 이뤄줬어. 남자들은 인중을 실룩이고 발정나서 날 덮쳐들려 했지. 남자인 날 말이야. 털이 북슬북슬한 손이 날 발가벗기려고 다가오는데, 웃기지?"

미츠루기는 역시 그런 취향이냐고 물었다.

아니라고 히무로는 말한다.

"──보고 있으면 최고로 즐거운 게 어떤 때일 것 같아?"

미츠루기는 침묵으로 이어질 말을 재촉했다.

"인간이 자신이 저지른 과오의 무게에 짓눌릴 때야."

원추형으로 펼쳐진 비치파라솔의 바다에서 얼음이 달각 소리를 냈다.

"두 가지 소원은 약간의 텀을 두고 들어줘. 그러면 2단계에서 과오를 짊어진 모습이 보이거든. 우선 욕정의 최면이 풀려. 그러면 남자들은 자신이 이기적인 감정으로 인해 귀여운 소녀를 더럽혔다는 자책감에 시달리지. 몇 초 후, 12시의 마법은 풀리고 소녀는 남자로 변해. 그럼 이번에는 과오의 종류와 방향성이 달라져. 소녀를 더럽혔다는 죄악은 남자에게 발정해 자신을 더럽혔다는 죄악으로 변하지. 표정이, 두 번 일그러져."

여러 번 그 순간은 봐온 것처럼 히무로는 황홀하게 말했다. 아마 어제와 오늘 이외에도 여러 번 변신을 시험했겠지. 그리고 그 나름의 성공을 거두었을 것이다.

다소 어이없어하면서 미츠루기는 물었다.

"하지만 그 과오와 무게도, 금방 잊어버리잖아."

"됐어. 잠깐의 비극은 인간을 10년은 늙게 하니까. 그 모습을 볼 수만 있다면 소녀로서 험한 꼴을 당할 이유는 충분해."

미츠루기는 알 수 있었다. 그도 비뚤어진 사상의 소유자라는 걸.

정상적인 부분을 잃고, 어쩔 수 없이 왜곡된다. 인신 공양이란 그런 것이다.

"그래."

빙 돌아가기는 했지만, 궁금한 건 물었다. 이제 미츠루기에게 히무로와 이야기할 이유는 없다.

"잠깐만!"

놀라운 흡인력으로 카페오레를 빨아들이는 미츠루기의 빨대를 히무로가 손가락으로 막는다.

"감상은 어때?"

"내 앞에서는 그런 짓을, 하지 않았으면 좋겠어."

"그게 다야?"

"그게 다야."

여장으로 남자의 순수한 마음을 농락하다니 용서할 수 없다──, 그런 생각을 할 정도로 미츠루기는 정의롭지 않다.

"……아니, 아니, 아니. 그럴 리가 없는데."

히무로는 새삼스레 묻는다.

"네 이름이 뭐야?"

"미츠루기 노오토."

"그래. 미츠루기 노오토. 정답이네."

그러고 보니 이름을 대지 않았다는 걸 생각하기에 앞서, 히무로는 감춰야 할 죄악을 툭툭 입에 담기 시작했다.

"어제 만난 후에, 당신에 대해 꼬박 하루에 걸쳐 알아봤거든. 엑센트릭 박스를 써서, 현재의 처지부터 과거의 내력까지 샅샅이. 그리고 보게 된 미츠루기 노오토라는 인간은, 나 같은 악인을 결코 용서하지 않던데. 용서할 리가 없지. 아무리 사소한 악행도 빠뜨리지 않는, 꼭 물불 가리지 않고 남을 돕는 영웅. 그게 미츠루기 노오토야!"

"좀 봐주라."

과거를 엿보는 것이든. 묘한 이미지를 갖다 붙이는 점이든. 그만뒀으면 했다.

"나는 그렇게 품행 방정한 인간이 아니야. 그냥 돕고 싶어서 남을 돕는 것뿐이지."

"훌륭한 일이잖아. 미츠루기 노오토는 그래야지."

한숨이 잔 바닥으로 가라앉는다.

"아무래도 오해가 있나 본데."

미츠루기는 혼돈을 느꼈다.

"나는 나의 자기만족을 위해 남을 돕는 거야. 그건 남들이 말하는 정의와 본질적인 부분이 달라."

희생물의 눈이 히무로를 비춘다. 밤색 눈은 영원한 고독을 품은 채 흐려져 있었다.

"딱히 내 심장은 악행에 민감하지 않아. 그게 눈앞에서 벌어지려 한다면 분명 말리겠지만, 악행 그 자체를 근절하자는 생각은 해본 적도 없어. 애초에 그런 건 불가능하니까……. 아니, 엑센트릭 박스를 쓰면 어쩌면 가능하려나. 뭐, 그래도 나는 이 세상에서 정의 이외의 것을 배제하겠다는 생각 따윈 안 해."

"어째서?!"

둥그런 테이블을 치자, 두 잔의 뱃속에 든 액체가 물결쳤다.

"나보다 더 정의롭지 않은 인간은 없으니까."

미츠루기는 미츠루기 나름의 정의를 가지고 행동하고 있다. 즉, 곤경에 처한 사람이 있으면 자진해서 본인을 희생하며 도울 것이다.

그러나 그 정의가 결코 만인의 정의가 될 수 없다는 걸, 지금까지 해온 경험을 통해 알고 있었다. 예를 들면 그의 이웃은 그의 정의를 두고 기분 나쁘다고 하겠지.

미츠루기는 자신을 최소 단위로 보고 있다. 가장 먼저 내버려도 될 것으로 인식하고 있다.

미츠루기는 자신을 내던지며 남을 돕는다. 왜냐하면 미츠루기
보다 가치 없는 인간은 없으니까.

"……네 봉사는 정의롭지 않다는 거야?"

"그래."

왜냐하면──.

"────나는 언젠가 죽기 위해 남을 돕는 거니까."

미츠루기 노오토는 남을 돕는다. 남을 도우며, 자신을 구성하
는 다양한 요소를 엑센트릭 박스에게 바치고 수납하게 한다. 그
렇게 함으로써 서서히 자신을 소모해 간다.

어째서냐 하면 이유는 여럿인 동시에 하나도 없다.

어쨌든 미츠루기에게 자신은 이 세상에서 살아가는 그 어떤 사
람보다 살 가치가 없는 인간이었다.

그렇다고 해서 전무한 것은 아니다. 최소 단위로, 그것은 존재
한다. 그 단위를 가시화한 것이 그의 삶, 즉 남을 돕는 것이었다.

그는 지금은 남을 도움으로써 살아 있을 이유를 실감한다.

살아 있는 것을 확인하기 위해 죽음에 다가간다.

죽음이라는 것은 정확하지 않다.

엑센트릭 박스에게 모든 요소가 수납된 희생물은 껍데기만 남
아, 모든 동작을 멈추고 죽은 듯이 굳어 버린다고 한다. 그런 의
미의 죽음을 미츠루기는 기다리고 있었다.

"갑작스러운 사고가 포함된 악행이 아니라면, 나는 아무도 도울 수 없잖아. 그렇게 되면 나는 살 수도 죽을 수도 없어. 어중간하게 감정을 남겨두고 움직이는 정체 모를 무언가가 되어버려. 싫잖아? 그런 건."

희생물의 눈이 히무로를 비춘다. 모든 것을 포기한, 모든 것을 내버린 광기의 눈. 마땅히 싫을 터인 고독을 원하며, 자신의 삶을 완전히 존중하지 않는 공허한 눈. 수복할 수 없는 파탄을 끌어안고 깔깔거리며 웃고 있는 이상한 눈.

무의식적인 본능으로 거리를 두려 한 히무로의 몸이 의자에서 굴러떨어졌다. 허공을 휘저은 손이 잔을 쳐 바닥으로 떨어뜨렸다. 유리 깨지는 소리가 인공적인 노을에 물든 카페에 울려 퍼진다.

히무로의 등이 목조 테라스에 부딪히는 일은 없었다. 순간적으로 일어난 미츠루기가 그의 몸을 끌어안고 있었기 때문이다.

"괜찮아?"

미츠루기는 그를 끌어안은 채로 웃어 보였다. 그 미소는 몸서리가 쳐질 정도로 얼어붙어 있었고, 대강 인간다움을 느낄 수 없는 완구가 지어낸 미소 같았다.

"우, 우와아아아아!"

무심코 미츠루기를 밀치는 히무로. 두 사람은 모두 테라스의 단에 등을 부딪쳤다.

급하게 달려오는 메이드에게 사과한 미츠루기는 자리로 돌아갔다. 그대로 돌아가려 했지만, 만약 히무로가 어딘가 다친 곳이 있다면 치료해 줘야 했다. 엑센트릭 박스의 힘을 써서.

"아픈 곳은 있어?"

질문에 타의는 없었다. 미츠루기는 정말 아픈 곳이 있는지 없는지를 물었을 뿐이다. 물어보고, 대답에 따라서는 적합한 대응을 하면 그만이었다.

그, 한없이 올곧은 일그러짐이 오히려 히무로의 공포를 휘몰아쳤다.

──자신도 언젠가, 이렇게 될 것이라는.

"…………거, 걱정하지 마."

평정을 가장하며 의자로 돌아가는 히무로다. 그의 이마는 식은 땀 방울 때문에 젖어 있었다.

"……언제부터야? 과거의 당신은 그렇지 않았을 텐데. 평화를 망쳐놓는 악은 가차 없이 쓰러뜨려 왔을 텐데. 그날 아무런 주저 없이 방아쇠를 당긴 것처럼."

"그런 것까지 알아봤나."

히무로는 알아차리지 못했다. 어느새 질문을 하는 쪽과 받는 쪽의 입장이 뒤바뀌었다는 것을.

"나도 모르겠어. 분명 그날의 나에게는 구하고 싶은 대상이 있었고, 그걸 위해 적을 배제했어. 그렇게 해서 타산적인 감정을 잃었지만 그렇다고 바로 돕고 싶은 대상의 범위가 확장된 건 아니야."

처음에는 친한 친구를 위해서만 힘을 썼다. 그러나 서서히, 미츠루기 노오토를 구성한 요소가 흐려지면 흐려질수록 구제대상의 범위는 확장됐다.

"엑센트릭 박스의 힘을 쓴다는 건 그런 것이야. 기억해두도록 해."

히무로가 최근에야 엑센트릭 박스를 손에 넣었다는 걸 미츠루기는 간파하고 있었다. 왜냐하면 자신보다 그에게는 아직 많은 인간미가 남아 있었으니까.

감정 기복이 있는 점이나, 자신의 욕구를 채우기 위해 힘을 쓰는 점이나.

그래서 뭐가 어쨌다는 것은 아니고, 그에게 한 말도 선배의 어드바이스라고 표현하기에는 결정적으로 배려가 부족했다.

마치 예언 같다고 허용하는 게 이미지상으로는 가까웠다.

『너는 언젠가 망가져서, 더 망가지기 위해 행동할 것이라고.』

그런 예언 말이다.

"할 말은 끝났어. 나는 이제 갈 곳이 있거든, 이제 됐지?"

미츠루기의 하루는 프로그램되어 있다. 색별된 여러 패턴을 매일 반복한다.

오늘은 쇼핑하러 나왔으니까, 이제 실제로 날이 저물 때까지 사람이 없는 한적한 해안에서 바닷바람을 쐴 순서였다.

아아, 하지만 그랬지. 조금 건 그 건 때문에 파도 소리를 좋아하는 마음을 잃었으니, 이대로 집에 틀어박혀 내일부터 할 프로그램을 다시 짜야 했다.

"남을 돕고 싶다면…… 왜 사람이 없는 곳으로 가는 거야?"

설복당한 느낌이 들어, 난처해진 나머지 히무로가 중얼거렸다.

테이블에 선 채로 미츠루기는 굳어 버렸다.

"…………."

대답할 수 없었다.

집이든 해안이든, 왜 사람을 돕기 위해 살아가는 자신이 사람이 없는 곳으로 가려 하는지, 왜 혼자 있으려 하는지.

미츠루기 노오토로서는 미츠루기 노오토를 알 수 없었다.

지금 이 순간 명쾌한 답을 찾을 수 없는 의문이 생겨났다.

"……나는……, 인정 못 해……!"

고개를 떨어뜨린 히무로 앞에서 잔이 흔들렸다. 그의 억압된 감정이 테이블을 흔들었다. 팔을 괸 채 무릎을 세우고 다리를 떨던 그가 그것들을 멈추고 엑센트릭 박스를 한 손에 든 채 일어났다.

"나는 지금의 당신을 인정 못 해!"

원피스를 나부끼며 엑센트릭 박스를 그러데이션 아치로 내던진다.

순간적으로 퍼지는 암흑 같은 섬광. 입방체는 십자 모양으로 전개되더니 인간형으로 변했다.

"엑센트릭 박스, 전개했습니다."

콧소리가 섞인 앳된 목소리. 기계적인 말투. 엑센트릭 박스가 공중에서 물빛 머리카락을 가진 소녀로 변한다. 중력을 무시하고 하늘에 무릎을 끌어안은 채 앉은 소녀는 구름 하나 끼지 않은 하늘색 눈을 흐리며, 완전히 패기 없는 모습으로 희생물의 요구를 기다렸다.

"내려와!"

소녀는 투명한 대를 미끄러져 내려오듯 자세 하나 바꾸지 않고 같은 높이까지 내려온다.

"내가 당신을 영웅으로 만들어 줄게."

히무로는 대담한 미소를 띠며 지금의 소원을 입에 담았다.

"여기 있는 녀석들을 싸우게 해. 엑센트릭 박스!"

"대가가 격투 게임의 재미인데요?"

"그거면 돼."

"이봐, 그만해."

미츠루기의 저지는 전해지지 않는다.

여러 그룹의 손님과 점원이 아연실색하는 가운데, 히무로와 엑센트릭 박스는 합의했다.

"이 악물고 있어!"

히무로가 오른손으로 주먹을 쥐더니 그것을 소녀의 복부에 꽂아 넣는다. 나머지 한쪽 손으로 히무로가 소녀의 어깨를 단단히 붙들고 있는 탓에, 그녀는 그 자리에서 쓰러지지도 못한 채 경련하고 있었다.

"너, 뭘……."

"이게 우리의 『카미시로』로 가는 과정이야."

히무로의 눈이 보랏빛으로 변했다.

"윽……."

위험을 느끼고 순간적으로 미츠루기 역시 엑센트릭 박스를 꺼낸다. 그러는 동안에도 히무로는 춤을 추는 듯한 발짓으로 가게 안을 돌며, 손님과 점원의 몸을 터치했다.

그에게 닿은 사람은 소원처럼 꼭두각시가 되어 히무로를 위해 싸움의 불씨를 지폈다.

같은 테이블에 앉은 친구에게 컵에 든 물을 뿌리는 여자를 시작으로 카페에서 단숨에 폭동이 일었다.

사방으로 튀는 액체. 깨지는 잔. 난무하는 욕설과 오가는 폭력. 멋진 의자는 무기가 되고 테이블은 방패가 된다. 잔을 올려둔 선반은 투척물 저장고가 되었다. 누군가가 누른 경찰 호출벨은 이것이 만들어진 인재라는 것을 알렸다.

"잘 들어. 이건 예언이야. 나라는 악을 배제하지 않는 한, 당신은 내게 계속 소중한 것을 빼앗길 거야."

한순간에 종말의 풍경으로 변한 카페 어디선가 히무로 목소리가 난다.

"너는 나에게 뭘 원하는 거야?"

"뭐기는? 간단해."

히무로는 그 말을 입에 담은 것을 끝으로, 더는 이쪽으로 돌아오지 않았다.

"나는 당신이, 내 소원을 들어줬으면 해."

어느새 그의 엑센트릭 박스도 모습을 감춘 뒤였다.

의미는 잘 알 수 없었지만, 미츠루기는 사태의 진정화를 우선했다.

"이 상황을 수습해. 엑센트릭 박스!"

전장 한가운데서 입방체가 전개된다.

"스크램블, 등장!"

스크램블은 날아드는 잔이나 의자를 능숙하게 피하면서 그 자리에 서서 미츠루기에게 말한다.

"대가는 애정인데?"

그래. 그건 나한테 필요 없는 것이야.

그렇게 말할 정도로 그에게 그 요소는 가볍지 않았다.

그것을 놓아 버리면 어떻게 될지, 미츠루기로서는 알 수가 없었다.

──마시로는 내게서 사랑이 없어졌다는 걸 알아챌까? 그때 마시로는 슬퍼할까? 만약 그렇다면, 그래서는 안 된다. 최소 가치를 가진 자신이 누군가를 슬프게 만드는 일이 있어서는 안 된다.

……아니, 하지만 그건 아닌가. 마시로라면 나보다 더 나은 상대를 얼마든지 찾을 수 있겠지. 그녀는 그만한 존재야. 나 따위와 달라.

그럼 나는 어떻지? 나는 애정을, 마시로를 놓아주고서 슬퍼할까? 아니다.

답은 나왔다. 미츠루기 노오토에게 이미 슬픔은 없다. 마시로 세츠미의 상대가 자신일 필요는 없다.

끊이기는커녕 계속해서 커지는 소란 속에서, 몇 초간 침묵한다. 미츠루기는 몇 초간 침묵하면서 그 답을 정했다.

"그래. 알겠어."

"그래!"

스크램블이 주먹을 내밀고 돌진한다.

미츠루기의 표정이 순간적으로, 아주 약간 인간미를 띠었다.

"……마침내, 외톨이가 되겠네."

미안하다는 듯 그는 웃었다. 그 사죄는 웬일로 자신에게 하는 것이었다. 바꿔 말하자면 자기 자신만을 향한 것이었다.

"두두우우우우우우우우우우우우우우우우우우우우우우우우우웅!!"

"크허어어어어어어어어어어어억!!"

미츠루기는 어떤 소원이든 이룰 수 있는 『카미시로』가 되었다.

오른손의 손가락을 두 개만 펴서 총을 모방했다. 그 끝을 폭도화한 무리에게 겨눈다.

"빠앙."

표적이 하나, 또 하나 1분간의 잠에 빠져들었다.

"빠앙, 빠앙, 빠앙."

미츠루기는 쏜다. 그날과 마찬가지로. 그날보다 무감정하게. 남을 쏜다. 인간을 초월한 힘으로, 질량 없는 투명한 수면탄을 쏜다.

피로감은 느끼지 않을 텐데도, 어째서인지 매우 숨이 가쁘다. 그렇다고 괴롭지는 않다. 다만 숨을 쉬는 페이스가 평소보다 띄엄띄엄해졌을 뿐.

"빠앙!"

모든 폭도가 쓰러지고, 분위기가 고요해졌다.

주변을 둘러본다. 다행히 피 한 방울 찾아볼 수 없다. 작고 큰, 다양한 숨소리가 오래된 재즈넘버를 타고 들려온다.

"이제 됐어?"

의식을 잃은 잠깐 사이 망자 한가운데에서 스크램블이 고개를 갸웃했다. 그녀의 옷은 주변의 색을 모두 내포하며 빛난다.

스크램블은 초조한 듯 몸을 꾸물거리면서 손가락을 물고 있었다. 어서 한 번 더 키스하고 싶은 모양이다.

"아니, 잠깐만."

"네에——."

스크램블은 미츠루기에게 순종한다. 어떤 요구든 그녀에게는 명령이며, 이 명령을 거역하는 일은 없다.

미츠루기가 남을 돕기 위해 사는 것처럼, 스크램블은 인간에 가까워지기 위해 살고 있었다. 애초에 그녀의 존재를 '살아 있다' 라고 할 수 있을지 하는 의문은 남지만, 적어도 그녀의 가장 큰 욕구는 희생물은 미츠루기가 인간으로서 가진 요소를 빼앗는 것 이었고, 키스나 식사는 부차적인 욕구에 불과했다.

그러니까 그녀는—— 엑센트릭 박스는——, 주인인 희생물에 게 이용당하고 주인의 소원을 선악의 규범 없이 들어준다. 그것 이 자신의 소원을 이루는 길이기에.

"몇 초 남았어?"

"30——!"

"알았어. 카운트는 안 해도 돼. 애초에 그 정도면 끝날 일이니까."

미츠루기는 파우치에서 휴대폰을 꺼냈다. 전화번호부를 켜고 하나밖에 없는 연락처에 전화를 건다. 통화 연결음이 세 번 난 다 음, 전화가 연결됐다.

"아아, 마시로. 나야. 갑자기 미안해."

수화기 너머에서 씩씩한 목소리가 들린다.

"그런데 미안해, 마시로. 갑작스럽지만 나는 이제 곧 너를 향한 애정을 잃을 거야."

미츠루기가 먼저 연락한 건 이번이 처음이었다.

"지금까지 잘해줘서 고마워."

처음이자, 마지막이었다.

"오늘로, 우리는 헤어지는 거야."

씩씩한 목소리는 더는 들리지 않는다.

화면에 따르면 통화를 시작한 지 이미 1분이 지나 있다. 대화하는 시간보다 침묵이 더 길었다.

"……미안."

미츠루기는 전화를 끊었다. 휴대폰이 고막에 불편한 작은 울음소리를 남겼다.

그렇게 해서 그는 고독해졌다.

휴대폰을 그러데이션 아치 쪽으로 내던진다. 천장에도 닿지 못한 채 낙하한 그것에게서 배터리가 튕겨 나갔다. 시끄러운 소리는 사라졌다.

뒤를 돌아보니 스크램블이 싱글벙글 웃으며 기다리고 있었다.

"이제 됐어."

미츠루기는 애정 없는 입맞춤으로 사랑을 전달했다.

이제 그가, 어쩌면 앞으로도 그가 누군가를 사랑할 일은 없다.

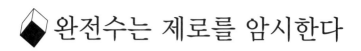

완전수는 제로를 암시한다

1,242회. 어두운색의 입방체가 천장을 두들겼다. 머리맡에는 떨어진 톱밥이 흩어져 있다.

조용한 방 안에서 덜컥, 덜컥하고. 입방체가 공중을 오간다.

약 4평짜리 원룸은 평소처럼 깔끔하게 정리되어 있었다. 물에 담가둔 그릇은 깨끗하게 닦아 선반에 도로 놓았다. 구석진 곳에 모아놓은 쓰레기는 1층 쓰레기 버리는 곳에 배출했다. 빌린 냄비는 가지고 돌아갔다.

오후 8시. 마시로가 저녁 식사를 가져오는 일은 없었다.

조명 대신 달빛만을 의지한 군청색 방. 책상에 놓인 스페어 키는 차가운 은색을 띠고 있었다.

이대로 느긋하게 상자를 던질 수 있을 듯했다.

단조로운 시간이 놀랄 정도로 원활하게 흘러가고. 미츠루기는 마시로와 헤어졌다는 것을 실감했다.

슬픔은 없었다. 후회도, 미안함도 더는 들지 않았다. 자신이 무언가에게 미안함을 느꼈다는 것조차, 이제는 모르겠다.

애정의 누락은, 미츠루기에게 평온함을 되찾게 해줬다.

"양이 1,243. 양이 1,244."

그렇다. 내일부터는 쭉 이렇게 양을 세면서 있자. 식재료는 있다. 커팅 샐러드와 인스턴트 밥도. 당분간은 집 밖으로 나가지 않아도 된다.

방파제로 가는 행동 패턴 대신할 것이 떠올랐고, 잘됐다고 생각하며 미츠루기는 입방체를 던진다. 그의 표정에서는 이미 감정을 읽을 수 없다.

　"스크램블, 등장!"

　1,245마리 양이 섬광을 뿜어내며 스크램블로 변했다.

　"……뭐야, 눈부시게."

　말한 후에야 짐작했다.

　"아아, 그래. 저녁밥이구나. 아직이었지."

　지금까지는 마시로가 해결해 줬지만, 잊지 말고 저녁 식사로 패턴에 추가해 둬야 한다.

　미츠루기는 머리 한편으로 메모하며 일어났다. 냉장고에서 커팅 샐러드와 드레싱을 꺼낸다.

　"지금 준비할 테니까 기다려"

　대략 반년 만에 하는 자취였지만 샐러드를 그릇에 담고 드레싱을 뿌리는 것 정도는 만든다고 할 것도 없었다.

　"…………달이, 예쁘네요."

　밥을 전자레인지에 넣을 때, 스크램블이 입을 열었다. 그녀는 웬일로 침대 위에 가지런히 바른 자세로 앉아 있다. 기분 탓인지 고개를 숙인 자세였다.

　밖에서는 반달과 보름달의 중간의 중간쯤 될 정도로 찬 달이 적당한 높이에 덩그러니 떠 있었다.

　"그래? 오늘 뜬 달을 예쁘다고 해도 별생각은 안 드는데."

　"……왠지 비가 왔으면 하는 기분이에요."

"맑은데. 차가운 물로 샤워라도 해볼래?"

"갑자기는…… 창피해요……."

"그 말투는 뭐야?"

"고상한가요?"

"그냥 고장 난 것처럼 들려."

처음 만났을 무렵의 그녀와도 다르다. 묘하게 인간다움을 드러내려다 실패한 듯한 말투였다.

"심술쟁이!"

볼록── 흰 뺨을 부풀리는 스크램블이다.

"뭐야? 이제 곧 다 되니까 식사 전 인사를 할 때까진 조용히 있어."

"배는 그렇게 안 고픈데."

"하지만 먹을 거잖아?"

"……오늘은 됐어."

스크램블의 목소리는 평소보다 약간 정도 작다.

겨우 미츠루기는 작업을 중단하고 그녀를 봤다.

"저기, 너 왜 그래?"

어둠 속에서 금발이 부연 달빛을 받아 돋보였다. 양쪽 옆으로 늘어뜨린 꼬리가 그녀의 얼굴을 감춘다.

"…………노오토."

침대 시트에 시선을 고정한 채로, 스크램블은 중얼거리듯이 말했다.

"…………사랑이, 뭐라고 생각해?"

싸움을 거는 건가, 미츠루기는 생각했다. 만약 그렇더라도 화는 나지 않고, 응수할 마음도 없지만.

"몰라. 나에게는 이미 너에게 빼앗긴 요소 이상의 의미는 없는 과거니까."

살짝 스크램블의 몸이 굳었다.

하지만 금방 추욱 하고, 그녀는 어깨를 늘어뜨렸다.

"······그렇겠지. 나는 노오토에게서 이 감정을 빼앗았으니까."

"그래, 미안. 빼앗았다는 표현은 아니지. 교환한 거야. 소원과."

"············."

스크램블은 완전히 입을 다물어 버렸다.

그때 전자레인지에서 알림음이 났다.

"자, '잘 먹겠습니다' 해야지."

미츠루기는 1인분이 든 그릇을 테이블로 옮긴다. '이런 것까지 마시로에게 맡겼구나' 하고 어제까지의 과거를 객관적으로 돌아봤다.

"괜찮겠어? 나만 먹어도."

스크램블은 결심한 듯 고개를 든다.

"······역시 나도 먹고 싶어!"

"아아, 그래."

미츠루기는 스크램블 몫도 준비한 뒤 다시 자리에 앉았다.

"잘 먹겠습니다."

"잘 먹겠습니다."

미각이 없는 자와 식욕이 없는 자. 조명 대신 달빛만을 의지하는 방에서 둘이서, 맛없는 식사를 했다.

"한동안은 계속 이럴 거야. 미안해."

"괜찮아."

그가 생각하는 것보다 훨씬, 그녀가 생각하는 것보다 사소하게, '둘이' 있는 것에는 의미가 있었다.

서로 침묵한 채로 식사를 마친다. 가끔씩 젓가락과 식기가 부딪쳐 작은 소리를 냈다. 그게 다다.

달이 조금 높게 떠올랐다.

딱 비슷한 타이밍에 두 사람은 식사를 마쳤다. 미츠루기가 눈을 감고 손을 모은다.

거기서 갑자기 그녀는 속내를 이야기했다.

"…………난…………, 노오토를 좋아해…………."

흔들릴 듯한 금색 눈동자가 의중에 있는 사람을 바라봤다.

"잘 먹었습니다."

먼저 '잘 먹었다'라는 인사를 하고 미츠루기는 식기를 물에 담가놓았다.

"노오토가 좋아. 좋아. 너무 좋아!"

들리지 않았나 해서 이번에는 큰 소리로. 수치심 아닌, 무언가에 의한 세이프티를 파괴하며 마음을 고백한다.

"장난하지 말고, 다 먹었으면 얼른 상자로 돌아가."

네에――. 조건반사적으로 그렇게 말할 뻔한 입을 두 손으로 틀어막고, 스크램블은 타액과 함께 말을 집어삼켰다.

"장난 아니야! 좋아한단 말이야!"

"좋아한다니, 나를?"

"전부!"

"말도 안 돼."

"하지만 좋아하는걸!"

미츠루기는 깨달았다. 스크램블은 받아들인 애정을 감당하지 못하고 있다.

이런 일은 여러 번 있었다.

자신 안에서 갑자기 솟구친 것을 어떻게 하지 못하고, 그녀는 마치 스트레스를 발산하는 것처럼 자기 안에 생겨난 요소를 낮잡아 보는 경우가 있었다. 최근 기억으로 이야기하자면, 키스의 맛을 느끼게 된 순간 맛있는 키스를 하려고 한 것이 그 좋은 예다.

슬픔처럼 마이너스로 작용하는 요소의 경우, 발산은 하기 어렵다. 어쩌면 받아들인 마이너스 요소는 본능적으로 마음속에 억누르고 있는 걸지도 모르겠다.

애초에 엑센트릭 박스에게 마음이 있는지, 애정이 플러스 요소인지, 미츠루기로서는 알 수 없었지만 이럴 때는 어떡해야 하는지 경험상으로 알고 있었다.

"그래. 나도 좋아해."

우선, 말을 맞추면 된다.

"정말?! 정말?!"

미츠루기는 창문을 열어젖혔다. 기분 좋은 밤바람이 암울한 방으로 불어든다. 여름 벌레의 울음소리와 함께.

"……에헤헤."

스크램블은 스크램블대로 히죽거리며 혼자 웃고 있었다. 콧소리를 섞어가며 고개를 가로저을 때마다 트윈테일이 철썩철썩 얼굴을 쳤다.

"하아……."

미츠루기는 히무로를 생각했다.

하나 묻지 못한 것이 있었다. 딱히 물어볼 것까지는 없는 데다 그렇게 크게 신경 쓰진 않지만, 의문점을 남겼다는 찝찝함이 서서히 몸을 휘감았다.

──왜 히무로는 자신과 접점을 가지려 했을까.

아주 간단할 그 답이, 미츠루기로서는 알 수 없었다.

4등성까지 보이는 밤. 올려다본 군청색 밤하늘에 하나 더 생각해야 할 모순을 녹여냈다.

"꽤나 적당히 살고 있네. 혹시 심장이 퍼즐 조각으로 되어 있기라도 해?"

이웃집 베란다에서 목소리가 났다. 유나기였다.

위아래로 남색인 트레이닝복을 입었고 맨발이다. 죽은 물고기 같은 눈과 초췌한 다크서클을 가졌으며, 살짝 물기를 머금은 가느다란 앞머리 아래로 하늘을 보고 있었다. 여전했다.

푸하── 하고 내뱉은 담배 연기가 군청색 속으로 녹아든다.

"감성인가요?"

미츠루기는 난간 반 개만큼 거리를 두며 물었다.

"흥미야."

유나기는 등을 기대고 살짝 바깥쪽으로 몸을 내밀었다.

그녀에게 미츠루기는 처음 보는 사람이다.

"밤에 혼자 하늘을 보려고 밖으로 나오는 녀석은 대부분 퍼즐 조각이 빠져 있거든."

"그럼 같네요."

"그러게. 그 나이에 내 영역에까지 발을 들이다니. 정말 딱하기도 하지."

그런 얼토당토않은 말을 늘어놓고서야 그녀는 본래 대화의 서두에 나와야 할 말을 입에 담았다.

"만나서 반가워. 이웃 군."

"만나서 반가워요. 이웃 씨."

미츠루기에게는 4번째인 '첫 만남 인사'였다.

어제와 오늘. 이번에는 다시 만나는 간격이 상당히 짧다고 미츠루기는 생각했다.

"유나기 아리스. 집에만 박혀 사는 미대생이야."

"미츠루기 노오토. 여름방학 중인 고등학생이에요."

그녀는 평소처럼 막 씻고 나와 물방울이 떨어지는 상태에서, 트레이닝복을 위기감 없이 대강 걸치고 있었다.

"고등학생 주제에 어린 여자애를 방에 들이고 고백까지 받다니, 청춘이네."

유나기는 방음도 뭣도 안 되는 얇은 벽을 맨발로 툭 쳤다.

"이웃 군은 꽤 인기가 많은가 봐? 별로 남을 행복하게 해줄 것 같지는 않지만."

아무리 봐도 비아냥 같은 대사를 꼭 비아냥 같지 않게 들은 건 이번이 네 번째였다.

그래서 미츠루기도 지금까지와 똑같이 답했다. 거짓말이나 허구를 섞지 않고.

"이런 저를 유일하게 상대해 주던 사람과, 오늘 헤어졌어요."

"아아, 그래."

유나기는 다시 담배를 입에 물었다.

"그게 조금 전이야?"

"좋아한다고 하길래 좋아한다고 했을 뿐이에요."

"그래. 최고네."

후후훗. 유나기는 소리 없이 우습다는 듯 웃더니 담배를 빙그르르 돌렸다.

──담배는, 끊는 편이 나아요. 어제와 마찬가지로 그렇게 주의하려고 한 그때.

"싫어어──!"

어두운 방에서 뛰쳐나온 스크램블이 미츠루기의 허리에 딱 달라붙었다.

"우와."

엄청난 기세에 떠밀려 넘어질 뻔한 몸을 바로잡았다.

"이봐, 스크램블. 화상은 아직이야."

명령할 때까지 남에게 모습을 보이지 말라고 말해 뒀을 텐데.

"다른 여자랑 얘기하는 건 싫어──!"

무슨 말을 중얼거리며 동그란 얼굴을 등에 파묻는다.

"이런, 깜짝이야."

이거 재미있게 됐다고 유나기는 담배에서 입을 뗐다.

"꽤나 앳된 목소리다 싶었는데, 설마 정말 어렸을 줄이야. 어린 여자가 취향이야? 이미지와 다른데."

"아니에요."

미츠루기는 스크램블의 동그란 얼굴을 잡고 떼어냈다.

"오늘의 넌 이상해."

"노오토가 나를 함부로 대하니까 그렇지!"

"후후훗. 이거 좋은데."

유나기는 난간에 대고 담뱃불을 껐다.

"얘. 너는 이웃 군이 좋니?"

"이웃? 나는 노오토가 좋아──!"

"그래, 그래. 하지만 얘. 좋아하는 상대에게는 직접 '좋아한다' 라고 하지 않는 법이야."

고개를 갸웃하는 스크램블이다.

"그럼 뭐라고 하는데?"

"'같이 죽고 싶다', 정도가 록하지."

"싫어!"

덥석. 미츠루기의 몸을 잡는다.

"노오토가 죽는 건 싫어!"

"아쉽네. 그런 경우에는 '그럼 내가 먼저 죽을래'라고 해야지. 상대에게 영원을 남겨주는 건 아마, 꽤 기분 좋은 일이거든."

"너무 놀리지 마세요."

미츠루기의 한숨이 밤의 세계에 녹아든다.

"이 녀석은 아직 인간으로서 불안정해요."

"그 말을 이웃 군이 해? 좋아한다는 감정을 표현하는 만큼, 적어도 나나 이웃 군보다는 인간적인 것 같은데."

"그러는 이웃 씨도, 좋아하느니 연애니 하는 이야기를 할 때는 평범한 여자처럼 쌩쌩하네요."

"올라잇. 너는 역시 인기를 끄는 부류가 아니야. 평범한 여자였다면 방금 그 말에 발끈했을걸."

후후훗. 유나기는 어제보다 오랫동안 웃고 있었다.

"그런데 이웃 군. 너는 왜 그런 눈을 하고 있어?"

"네?"

『카미시로』 상태가 아니다. 아직 미츠루기의 눈은 일반적인 밤색을 띠고 있었다.

"인간미가 안 느껴져."

뭐야, 그런 소리였나. 미츠루기는 난간에 턱을 괴었다.

"글쎄요."

애매하게 말한다.

"이웃 씨야말로 눈이 기본적으로 죽어 있어요."

"후후훗. 그야 나는 딱히 사는 게 즐겁지 않으니까."

"왜요?"

"아무래도."

아무래도. 다양한 쪽으로 억측할 수 있는 표현이었다.

예를 들어. 아무래도 좋아지지 않는다, 아무래도 좋아할 수가 없다. 비슷해 보이지만 결정적으로 다른 것처럼.

"그러니까 내 사랑에는 아마, 항상 죽고 싶다는 바람이 따라다녀."

미츠루기는 묵묵히 귀를 기울였다.

스크램블은 뭐가 뭔지 모르겠다는 듯 입을 쩍 벌리고 있었다.

"이웃 군은."

하고 유나기는 말하려다 다음 말을 집어삼켰다.

"……아니, 그만둘게. 이래 봬도 여자니까. 처음 만나는 남자에게 몸무게를 알려주긴 싫거든."

"뭐가?"

스크램블은 좋지 않은 생각을 농담으로 포장하게 두지 않았다.

그녀가 희생물인 미츠루기 이외의 사람에게 이렇게까지——그것도 자기가 먼저 커뮤니케이션을 한 건 이번이 처음이었다.

역시 애정을 받아들인 후로, 스크램블은 평소와 눈에 띄게 달라져 있었다.

난간 사이에 고개를 묻은 소녀의 재촉을 받은 유나기는 한참 밤하늘을 바라보다 한숨과 함께 입을 열었다.

"이웃 군은, 예를 들어 내가 부탁한다면 나를 죽여줄 거야?"

"안 죽여요."

두 자릿수의 덧셈을 하듯, 미츠루기는 말한다.

"그래."

살짝 유감이라는 듯 유나기는 눈을 내리떴다. 붉은 머리카락은 조명에 선명히 빛났다.

"아무리 봐도 남을 잘 도울 것처럼 생겨서, 살인 정도는 쉽게 할 줄 알았는데."

"무슨 논리인가요."

가볍게 웃으며 미츠루기는 흘려넘긴다. 흘려넘기고 집어삼킨 후에야 이해했다.

그녀가 이미 자신을 대등하게 보지 않는다는 것을. 자신보다 망가진 인간으로서 미츠루기 노오토라는 존재를 바라보고 있다는 것을.

유나기 아리스에게 남을 돕는 것은 살인 이상의 파계였다.

"…………노오토를, 좋아해?"

그렇게, 스크램블이 물었다. 미츠루기에게는 '푸딩 좋아해?'와 같은 질량을 가진 질문으로 들렸지만, 스크램블은 스크램블 나름대로 진지했다.

"설마. 내 목숨은 만난 지 얼마 되지도 않은 소년과 동반 자살을 생각할 만큼 싸구려가 아니야."

게다가, 하고 변명은 이어진다.

"누군가에게 첫눈에 반할 나이도 아니고. 첫눈에 반하는 게 허용되는 건 12살까지야."

"왜 12살이죠?"

"어조가 좋잖아."

"그렇군요."

미츠루기로서는 완전히 이해할 수 없었다.

게다가, 하고 변명은 이어진다.

"나는 이래 봬도 미대생이야."

"미대생?"

"그래. 큰돈을 모아 격월로 그림을 그리고 있지. 그리고 높으신 분께 보여주는 거야. 언젠가 유명한 화가가 되기 위해."

"유명해지면 어떻게 할 건데요?"

후반은 처음 듣는다. 그림을 그린다는 것도 그렇지만, 미츠루기는 유나기를 멋대로 명성이나 돈에는 흥미가 없는 사람으로 받아들였다.

"그건 비밀이야."

비밀의 단편을 이야기하는 유나기의 눈은 웬만한 소녀보다 더 반짝이고 있었다.

그 비밀이 죽음과 깊게 이어져 있다는 것 따위는 상상도 못 할 만큼.

"그러니까 그 꿈을 이루기 전까지는 죽을 수 없어."

새빨간 머리카락은 달밤을 장식하고, 가늘고 곧은 눈은 세상의 이면에 있는 태양을 노려본다.

밤에만 피는 꽃보다도 허망하게. 낮의 햇빛을 받는 잡초보다 강한 의지가 그곳에는 있었다.

"이런 나는 어때? 이웃 군."

"의외였어요."

"그리고?"

"죽고 싶어 하는 당신과 살고 싶은 당신이 서로 잘 타협하면 좋겠다고 생각했어요."

그렇게 되면, 어쩌면 그녀는 담배를 끊을지도 모른다.

"후후후후후훗."

여섯 번 연속해서 유나기는 웃는다.

"이런 관계는 최고로 불쾌한데."

어제도 들은 대사였다. 하지만 오늘은 무얼 두고 그녀가 웃고 있는지, 미츠루기로서는 알 수 없었다.

"아까 그 말, 이웃 군에게 그대로 돌려줄게."

그녀는 마지막까지 작게 웃으면서, 이 이상은 추워서 못 있겠 다며 방으로 들어갔다.

코로 숨을 내쉬면서 미츠루기 역시 스크램블을 데리고 안으로 들어가려 했다.

관계성에 만약 승패가 있다면, 이번에는 유나기의 승리였다.

"노오토!"

그런 승부 따위와 상관없이, 스크램블은 흰 몸속에서 북받치는 애정이 시키는 대로 미츠루기에게 달라붙었다.

"박스로 돌아가, 스크램블."

털퍽 하고 쓰러지는 두 사람의 몸을 침대가 튕기면서 받아낸 다.

"키스해 주면 돌아갈게!"

"됐으니까 돌아가."

"……네에——."

다소 거친 투로 명령하자, 마지못해 스크램블은 그 말을 따랐다.

인간이 작게 접히면서 입방체로 변한다. 그 입방체를 미츠루기 가 다시 천장에 던지려고 했을 때.

——덜컹. 누가 현관문을 한 번 두드렸고, 품에 짐을 집어넣었다.

"......?"

이런 시간에 편지가 왔나 의아해하면서, 미츠루기는 우편함 속을 살폈다.

마시로에게서 온 편지가 들어 있었다.

◆

굽 소리가 매우 크게 울리는 계단을 오른다. 여름의 찌는 듯한 더위를 가까이하지 않은 아크릴은 차갑다.

꾀꼬리 색 벽이 사방을 에워싼, 말 그대로 오직 위로 올라가기만을 위한 장소. 눈앞에는 14층 표시가 있다. 그 앞에는 녹슨 문고리가 튀어나와 있는 문이 길을 끊듯 서 있었다.

미츠루기는 문고리를 돌린다. 끼이이 하고 불쾌한 소리를 내며 문은 열렸다.

폐쇄감을 두들겨서 펴놓은 듯한 계단 끝에는 개방된 밤이 우두커니 서 있었다. 미세하게 다가온, 이지러진 달과 희미하고 흐릿한 별이 있다. 대삼각과 큰곰자리 사이로 깜빡이는 철판이 날개를 단 채 날고 있다. 먼 곳에는 높은 건물이 여럿 있다. 거리의 조명 대부분이 이쪽을 올려다보고 있다. 서쪽에는 바다, 동쪽에는 라쿠지츠 스트리트가 잠들어 있다. 단독 주택들은 마치 땅에 떨어진 장난감 같다. 평면에 시멘트를 세로로 바른, 가장자리를 감싼 까끌까끌한 벽은 훌쩍 뛰어넘을 수 있을 듯했다.

그런 옥상 한가운데 소녀가 서 있었다.

높은 곳은 그만큼 바람이 거칠게 불어서, 묶지 않은 무방비한 흑발이 바다 쪽으로 흘러갔다. 마치 밤이 부유하는 듯했다.

세일러복과 남색 플레어스커트. 학교에서 지정한 니삭스와 스니커. 그녀의 복장은 오늘 아침과 같다.

"할 말이 뭔데?"

미츠루기는 품에 편지를 넣었다.

소녀는 살랑거리는 머리카락을 누르며 천천히 뒤를 돌아봤다.

"중요한 이야기야."

마시로 세츠미의 연약한 목소리는 가느다란 파형을 이루며 어떻게든 미츠루기에게 전해졌다.

"노오토, 휴대폰은?"

"아아, 버렸어."

연락할 상대는 이미 없다. 그렇다면 소원도 이룰 수 없는 것을 굳이 가지고 있을 이유가 없었다.

"버렸다니……. 그럼 이야기도 못 하잖아."

"그래, 미안."

미츠루기는 사과한다. 혼날 각오는 되어 있었다.

"내가 왜 여기로 불렀는지, 알아?"

"그래, 미안."

마시로는 웃는다.

"뭐가?"

"일방적으로 이별 얘기를 꺼내서."

그녀의 어금니가 으득 소리를 낸다.

"나를, 이제 안 좋아해?"

감정 없이 담담한 질문이 3m를 헤엄쳐 간다.

감정 없이 담담한 대답이 3m를 헤엄쳐 간다.

"그래, 미안."

"뭐가?"

"더는 좋아하지 못해서."

"어째서?"

"어?"

엑센트릭 박스는 허리에 감은 파우치 속에 조용히 있었다.

"……저기, 노오토."

"그래."

"우리가, 언제부터 사귀고 있었더라?"

"……몰라."

"나도."

어쩌면 그 관계는 어디선가 조금씩 시작된 걸지도 모른다. '좋아한다'라는 말도 하지 않은 채로.

"그럼 우리는 어떻게 사귀었더라?"

"……모르겠어."

"…………모르는구나…….."

마시로의 심장이 퍼즐 조각을 본떴다. 추억이라는 그림을 완성하기 위해 한 조각씩 기계적으로 도려내어져 간다.

"나는 아마, 서로 좋아해서 사귄 거라고 봐."

"그래."

"그러니까 나는 그런 이유로 널 상대했던 거야."

"그래. 나도야."

"그래."

소녀의 마음이 지금과 과거로 분리되어 간다.

"그 '좋아한다는 감정'을 나는 잃어버렸어. 잃어버려놓고, 이 관계를 지속할 수는 없지. 관계로 마시로를 속박할 수는 없으니까."

"어째서?"

"어?"

"어째서 잃어버렸는데? 내가 무슨 짓을 했어? 사진 때문에 화내서 미워진 거야?"

"아니야."

어째서 잃어버렸느냐. 엑센트릭 박스에게 애정이 수납되었기 때문이다.

하지만 그런 걸 마시로에게 전할 수는 없다. 평범한 사람에게는 믿을 수 없는 황당무계한 이야기인데다, 만약 믿는다고 하면 그녀는 분명 자신의 경우를 생각하며 가슴 아파하겠지. 최소 단위인 자신 때문에 그녀가 상처 입길 원치 않는다.

그런 사고가 진실을 감춘다. 거짓말 없이 진실을 희미하게 만들었다.

"나는 마시로 널 싫어하는 게 아니야."

"그럼 어째서?"

"싫지 않아. 다만, 좋지도 싫지도 않은 존재가 됐을 뿐이야."

소녀의 마음은 여러 개로 분해되어, 그녀 안에 있는 여러 추억의 형상을 띠었다.

"…………하……, 하하!"

그 그림 전체를, 그녀는 웃으면서 완전히 파괴했다. 무(無)의 암흑에 먹혀 형태를 잃은 심장을 들고서.

"하하하핫! 하핫!"

둔기. 라이플. 과일. 밀짚모자. 보라색. 자전거. 문방구. 답안용지. 우주 너머. 방과 후. TV게임. 내일. 트럼펫. 농구. 소설.

실체 있는 것부터 현상, 개념에 이르기까지. 모든 것을 웃으면서 내던진 그녀는 그녀의 그림을 파괴했다. 그것들은 도중부터 그녀의 지시 없이도 스스로 익힌 파괴를 반복했다.

몇천. 몇억. 무수히 갈라진 조각이 무질서하게 암흑으로 흩뿌려진다.

"하하하하! 하하, 하아……!"

광대한 밤의 어둠을 등지고, 소녀는 옥상에서 숨을 쉬는 것도 잊은 채 웃는다.

마음은 이미 보이지 않는다.

"마시로, 왜 그래? 괜찮아?!"

미츠루기는 그녀의 표변에 당황했다. 그 이유도 알지 못한 채.

『중요한 할 말이 있어. 옥상으로 와줘.』

그게 다인 노트 조각을 받아들고 미츠루기는 여기까지 왔다.

그와 그녀의 '중요한 할 말'은 비웃음이 날 정도로 서로 달랐다.

사실은 사실로서, 뒤엎을 수 없는 것으로서. 미츠루기는 이에 대한 비난을 들으러 온 것이었다. 그 점을 포함해도 이상하다. 마시로 세츠미는 눈물을 흘리면서 웃었다.

"⋯⋯⋯⋯무색투명."

말함으로써, 그녀는 겨우 숨을 들이마셨다.

"⋯⋯노오토. 이거 알아? 좋지도 싫지도 않다는 건, 싫어지는 것보다 더⋯⋯ 화나거든?"

미츠루기는 자신의 말이, 마음이 그녀를 상처 입혔다는 것을 인식하지 않았다. 그럴 수 없었다. 접점을 가진 인간이 자신을 잊는 것에조차 아무런 고통을 느끼지 않는 미츠루기로서는 자신의 죄악을 알 수 없다. 자신에게 최소 가치를 둔 미츠루기로서는, 자신에게 최대의 가치를 찾아내는 인간의 마음을 알 수 없었다.

미츠루기 노오토는 망가져 있다.

"미안."

"응. 미안해. 마찬가지로, 나도 미안해."

"⋯⋯? 마시로 넌 아무 잘못 없어. 일방적으로 관계를 끊은 건──."

"──노오토."

긴 숨이 투명한 밤바람에 휩쓸려갔다.

"오늘, 애정을 잃은 거지?"

"⋯⋯그래."

"그럼⋯⋯."

그녀는 선을 그었다. 처음부터 망가져 있던 관계의 윤곽을 훑으며.

"노오토는 어제까지, 정말로 날…… 좋아했어?"

당연하다고 미츠루기는 고개를 끄덕였다. 애정은 오늘 잃어버렸으니까.

"그럼……."

마시로는 말했다. 살짝이나마 이어져 있던 관계에 가위를 들이댄다.

"노오토는 내 어딜 사랑했던 거야?"

별이 반짝인다. 달이 움직인다. 철판이 하늘을 난다. 거리의 조명이 사라져 간다.

몇 초를 기다려도, 10년을 기다려도, 답은 돌아오지 않았다.

어쩌면 그 침묵이, 무엇이든 이기는 최악의── 압도적인 해답이었다.

"…………나는……."

어째서 답할 수 없을까?

어째서 말이 안 나올까?

어째서 입은 맞물려 있을까?

마치 미츠루기 노오토가 미츠루기 노오토에게 구속당한 것처럼. 원망처럼. 분노처럼. 버려진 요소가 한꺼번에 몰려들어 지금의 그를 혼내주는 것처럼.

마음이 삐걱거린다.

애정이라는 감정은 잊었다. 이제 미츠루기가 누군가를 사랑할일은 없다.

그래도, 과거에 어떻게 사랑했는지는 전할 수 있을 것이다.

타산을 잃고 신념에 따라 움직이는 짝이 난 후에도, 그때까지 어떤 타산을 했는지 떠올릴 수 있는 것처럼. 슬픔을 잃고도 어떻게 슬퍼했는지 기억할 수 있듯이. 키스의 맛을 잃었더라도 어떻게 키스했는지는 아는 것처럼.

어떻게 그녀를 사랑했는지는 전할 수 있을 것이다. 전할 수 없을 리가 없다.

분해된 마음이, 삐걱거린다.

"나는……!"

어째서 떠올릴 수가 없지?

어째서 기억나지 않을까?

어째서 모르는 거지?

사랑이 무엇인지는 모르더라도, 어떻게 사랑했는지는 알 것이다. 어떻게 생각하고 어떻게 느끼고 어떻게 행동하고 어떻게 됐는지는. 그녀가 무언가를 해줬을 때 어떻게 생각했는지. 자신이 그녀를 위해 무언가를 해줬을 때 어떻게 생각했는지. 그녀를 어떻게 대했는지.

자신 안의 특별한 무언가를 찾는다. 다른 인간과, 유상무상과 마시로의 차이점을 찾는다.

생각할 때마다, 없는 마음이 삐걱거린다.

"나는!"

찾는다. 찾는다. 생각한다. 생각한다. 떠올린다. 떠올려봐. 있을 텐데. 뭔가 있을 텐데. 공통점. 상위점. 호흡이 거칠어진다. 지치진 않는데 괴롭다. 고통은 없는데 마음이 비명을 지른다.

미츠루기 노오토가 분해되어 간다.

"……노오토는……."

몸이 무겁다. 가라앉아 간다. 시멘트 대지 속으로 가라앉아 간다.

"노오토는 나를……."

서 있을 수가 없게 됐다. 쓰러진다. 마음이, 부서진다.

"…………처음부터 사랑하지 않았던 거야."

처음부터 보였던 진실을 고한 마시로의 눈에서 물방울이 떨어져 유성이 되었다.

별과 달, 하늘을 나는 철판과 거리, 그 물방울은 다른 빛을 전부 흡수해 잔혹할 정도로 아름다운 빛을 발하며 떨어졌다.

차가운 대지에 떨어져 튀면서 얼룩을 남기기까지, 순간순간 보는 각도에 따라 다르게 빛나는 그 모습은, 인간에게서 생겨난 —— 형태 없는 엑센트릭 박스 같았다.

또옥. 감정의 물방울이 튀면서 사라지는 소리가 났다.

동시에 웅크려 앉은 미츠루기의 파우치에서 혼자 뛰어나온 진짜 엑센트릭 박스가 밤을 꿰뚫으며, 섬광을 가르며, 하늘을 지우며 전개했다.

"스크램블, 등장!"

대(大)자로 쏘아 올린 불꽃은 불씨를 떨어뜨리는 대신 포대 아래로 급속히 낙하해 메인터넌스를 시작했다.

"노오토! 정신 차려!"

습습하──. 습습하──. 그녀는 그녀 나름의 심호흡을 실천하며 알려줬다. 효과는 없었다.

이런 증상은 지금까지 없었다. 미츠루기 자신이, 피로와 고통이라는 개념을 잃은 후로 이런 생태가 되는 건 처음 있는 일이었다. 사람을 죽여도, 얻어맞고도, 경멸당하고도, 비웃음을 받더라도, 잊히더라도 이런 상태가 되는 일은 없었다. 없는 마음이 삐걱거리다니. 크게 상처 입은 것처럼 굴다니. 괴로워하는 것처럼, 갈등하는 것처럼 군 적은 지금까지 없었다. 스크램블도 동요하고 있다.

"인간으로 전개하는 입방체. 금색 머리카락. 금색 눈동자. 풍경을 반사하는 옷. 어린 여자아이."

마시로는 놀라움을 잠깐 사이에 지워 버리고, 위부터 아래까지 스크램블을 관찰하더니 쳐진 눈꼬리를 치켜세우며 노려봤다.

"……네가 스크램블이구나."

시선에 실린, 복잡하게 뒤엉킨 음의 감정을 한마디로 표현하라면── 그것은 증오였다.

"왜, 마시로가."

미츠루기는 갈라진 목소리를 쥐어 짜낸다. 스크램블에 대해 알려준 적도, 스크램블이 멋대로 그녀 앞에서 전개한 적도 지금까지는 없었다.

마시로는 치맛자락에서 한 장의 편지지를 꺼내더니, 거기 적힌 문자를 기계적인 목소리로 낭독했다.

『엑센트릭 박스는 인간의 소원을 들어준다.』

쥐가 뛰논 듯한 글씨체였다.

『그 대가로 사용자는 인격을 파괴당하며, 주변 사람들에게서 잊힌다. 엑센트릭 박스는—— 저주받은 상자다.』

문두(文頭)를 낭독한 뒤 편지지는 하늘을 나는 철판을 따라 밤의 세계를 우아하게 날아, 당연한 것처럼 추락했다.

"옛날이야기 같아."

이유는 모르더라도, 누가 보낸 편지인지는 명백했다. 미츠루기에 대해 철저히 조사한 엑센트릭 박스를 아는 유일한 인간——, 미츠루기과 똑같은 희생물.

히무로 나츠메는 이미 행동을 개시한 상태였다.

"반신반의했지만, 오늘 눈앞에서 벌어진 일 덕분에 모든 게 이어졌어. 갑자기 노오토의 부모님이 노오토를 두고 어디로 사라진 것도, 요즘의 노오토에게서 인간미가 사라진 것도, 애정을 '잃어버렸다'라는 표현도 전부 하나에 집중되어 있어."

걱정스레 이름을 부르면서 주인의 몸을 흔드는 스크램블. 마시로의 자문자답은 무슨 해명을 하기도 전에 끝났고, 갑자기 맥없는 숨소리가 새어 나왔다.

"······하아······."

또각. 또각. 구두 소리가 울리며, 차츰 빠르게 미츠루기에게로 다가왔다.

그렇게 해서 그의 눈앞에서 마시로는 스크램블을 덮쳐들었다.

"전부 너 때문이야."

두 갈래로 묶은 금발 한쪽을 저주의 말과 함께 뜯길 정도로 난

폭하게 잡아당기자 몸이 지면과 충돌했다. 원래 가벼운 몸이다. 마시로의 힘으로도 그녀를 해코지하기는 쉬웠다.

"아윽……!"

가쁜 숨소리를 멀어지게 만드는 스크램블의 신음이 미츠루기의 귀에 불쾌하게 들러붙었다.

"마시로……!"

만신창이인 몸을 일으켰다. 눈앞에서는 마시로가 스크램블 위에 올라타 숨겨두고 있던 길이가 12cm쯤 되는 커터나이프를 치켜들었다.

"윽, 하지 마!!"

순간적으로 외쳤다.

그 착한 마시로가 왜 이런 짓을 하는지. 이런 자신을 위해 울어 준 마시로가 왜 남에게 날붙이를 들이미는지. 그런 의문을 전부 뒤로 미뤄두고 외친다.

그의 외침은 본인의 거친 호흡에 묻혔다.

결국 모깃소리 정도에 그친 저지는 전해지지 않았고, 아무런 브레이크도 없이 꼭 그게 올바른 일인 것처럼 커터 나이프는 스크램블의 가슴에 꽂혔다.

"어허어어어어억!!"

어린 소녀의 절규는 밤의 군청을 침식했다.

마시로는 커터 나이프를 뽑았다. 피는 묻지 않았다.

커터 나이프는 피를 요구하며 소녀를 희롱했다. 예리하게 살을 도려낸다. 나이프가 살을 도릴 때마다 두 소녀가 괴롭게 몸부림치는 소리가 공기를 뒤흔들었다.

"죽어!! 사라져 줘!! 사라져!! 이, 악마가!! 으으……!!"

미지근한 땀방울이 떨어지고, 흘러내려 회색 지상을 물들여 간다. 흉기는 끈적하게 들러붙은 액체를 어둠에 떨쳐내며 소녀를 관통했다.

"아파!! 아파아아아아아아아아아아아아아아아!! 으으윽, 으, 으윽으으으!!"

살이 찢겨나가는 소리. 반복해서 자극당하는 통각의 방류. 굴복하지 않으려 으르렁거리는 짐승처럼 창백한 얼굴로 이를 악물고서 소녀는 안광만으로 응수했다.

끊이지 않는 두 사람의 절규는 몇천일처럼 이어졌다. 주변으로 튄 검은 물보라 중 몇몇은 붉은 피 웅덩이가 되어 있었다. ──아니. 그것은 진실이 아니다. 거기 피 따위는 단 한 방울도 없었다.

이건 위에 올라탄 소녀가 저항하지 않는 상자에게 휘두르는 일방적인 폭력이다. 그래도 양자의 괴로움에 일그러진 목소리가 군청을 뒤흔들었고, 얼룩이 된 땀은 미츠루기에게는 확실히 붉고, 새카맣고, 탁한 피 같아 보였다.

자신이 잘 아는── 자신을 잘 아는 세계였던 두 사람의 존재가 사이좋게 마음의 피를 흘리고 있었다.

"……조종당하는……, 건가……?"

"나는 정상이다! 평범하다고! 그런 것도 몰라?!"

지독한 악몽을 꾸는 듯했다. 언제부터 과거 되짚는 것에 불과하게 된 꿈이, 이제야 떠올랐다는 듯이 보여주는 최악. 최소 가치인 자신을 위해, 자신에게 최대의 가치를 가진 소녀가 광기에 영락하는 꿈. 꿈에서 깨고 싶다고 생각한 것은 상당히 오랜만이었다.

"마시로……!"

중심을 잃은 다리로 나아가, 악몽의 상징으로 뻗은 손이 우뚝 멈췄다. 이 상황을 어떻게든 하고 싶을 텐데도, 마음을 배반한 몸이 정지한다.

──마시로 말이 옳아. 나는 마시로 세츠미를 사랑하지 않았어. 그냥 사랑받았을 뿐이야. 그 사랑에 빠져 있었을 뿐이야. 주어져도 주는 일 없이. 걱정을 받더라도 걱정하는 일 없이.

필요 이상……, 그녀에게 필요 이상의 감정은 갖고 있지 않았다.

다른 사람과 마찬가지다. 곤경에 처하면 돕고, 잡동사니 같은 자신을 위해 수고를 하면 미안하게 생각한다. 하지만 그게 다다.

엑센트릭 박스는── 아직도 눈앞에서 어린 몸을 경련하며 견딜 방도가 없는 통증을 견디고 있는 소녀는──나에게서 요소 말고도 타인과의 접점을 앗아갔다. 부모님을 비롯해, 깊은 연이든 얕은 연이든 끊임없이.

──아니야. 그건 옳더라도 정답은 아니야.

끊임없이 연을 끊어간 것은 엑센트릭 박스가 아니다. 나지. 엑센트릭 박스는 현상에 불과하다. 그 현상을 일으킨 것은 자신이다.

그래도. 마시로와의 연만은 어떻게든 끊어지지 않도록 하며 지내왔다. 그건 아마 자신이 유일하게 무의식중에 하고 있던 취사

선택일 것이다. 타산을 잃은 자신이 어떻게든 이룬 도피. '구하지 않는다'라는 선택. 그 무의식을 표현하며, 자신은 그녀를 나에게 최대의 가진 사람으로 분류했다.

하지만 그것은 모순이다.

나는 마시로를 소중한 사람으로 인정해 놓고서, 가장 소중한 사람으로서 대하지는 않았어.

그리고 아마, 잘못된 것은 인식일 것이다.

어쩌면 양쪽 다 옳을지도 모른다.

그럴 경우, 잘못되어 있는 것은── 올바르지 않은 것은──.

────미츠루기 노오토────, 모순을 품은 자기 자신이다.

어제 키스하지 않은 건.

오늘 고작 몇 초 만에 사랑을 잘라낼 결단을 한 것은.

지금 진짜 고독을 마주하려 하고 있는 것은.

전부.

미츠루기 노오토가 처음부터 아무도 사랑하지 않았기 때문이다.

동시에.

타인에게 가격을 매겨본들 결국, 자신이 언젠가 그 평가한 상대에게 잊히리라는 걸 알기 때문이다.

아무리 사랑해도. 아무리 친근함을 느끼더라도. 반드시 상대는 자신을 잊고야 만다. 그렇게 되게끔, 언젠가 스스로 엑센트릭 박스를 써 버리니까.

"…………아아, 그렇군."

몸과 마음이 이어지면서 부자연스러운 경직이 풀렸다. 정확한 답이라는 것이 그만큼 존재를 자연스러운 상태로 돌려놓았다.

결국, 미츠루기 노오토는 아무에게서도—— 자기 자신에게서 조차—— 처음부터 가치를 느끼지 못했던 것이다.

남을 멋대로 도운 것은 결국, 그럼으로써 자신은 평가를 판단할 수 있다고 믿고 싶었기 때문이다. 최소 가치를 가진 자신이라도, 소중한 사람이 있다고 믿고 싶었을 뿐이다.

미츠루기 노오토는 마시로 세츠미를 사랑한다고 믿고 싶었을 뿐이다.

"그런 건가……."

지금 여기서 판명됐다.

애정이라는 개념을 잃은 미츠루기는 애정이라는 개념을 잃었기에, 그 거짓을 알아차렸다. 사랑이 무엇인지는 모르더라도 자신이 아무에게도 뭔가를 기대하지 않았다는 것은 알아차렸다. 사랑이 누군가에게 무언가를 기대하는 것인지, 그것은 역시 이미 미츠루기로서는 모를 일이다. 그래도.

자신이 실수했다. 모순된 존재라는 것은, 이 순간 이해했다.

그래서 미츠루기는 움직였다.

"그만해."

휘두른 커터 나이프는 소녀의 눈앞에서 저지당했다. 미츠루기의 손에 의해.

덜덜 떨리는 손바닥에서 진짜 피가 흘러내렸다. 다트판을 꿰뚫듯이 오른손 중앙을 관통한 커터 나이프는 미츠루기를 찌른 채로 마시로의 손을 벗어났다.

"앗……."

마시로는 얼빠진 소리를 내며 굳었다.

다정했던 눈은 흉기를 따라 치켜 올라갔고, 희고 부드러운 살은 뿜어져 나온 땀방울과 침과 눈물 때문에 엉망으로 젖어 있었다. 쭈뼛쭈뼛 선 흐트러진 흑발이 차가운 밤바람에 살랑였다.

"이제, 됐어."

무감정한 목소리가 그녀를 타이른다.

어떤 목적이 있든, 마시로가 이런 만행을 원할 리가 없었다.

그럼 역시 히무로에게 조종당하는 건가? 스크램블을 찌르라고 엑센트릭 박스를 이용해 명령한 건가?

아니라는 걸, 지금의 미츠루기는 알고 있었다.

그녀를 만난 지 이미 1분 이상 지났다. 효력은 이미 사라졌을 것이다. 그런데.

"돌려줘!"

순간적으로 넋이 나간 것처럼 움직임을 멈춤 마시로였지만, 금방 광기의 심연으로 돌아가 미츠루기의 손에서 날붙이를 빼내려 했다.

——식사할 때 꼬박꼬박 "잘 먹겠습니다"와 "잘 먹었습니다"라고 할 것.

이 맨션에 이사 오자마자 마시로에게 들은 말이었다. 그러는 게 옳다고. 인간은 꼭 음식물에게 경의를 표해야 한다고.

마시로는 미츠루기를 다치게 한 것을 사과하기보다, 자신이 정한 적의 배제를 우선했다. 그것이 올바른 일인지, 지금의 미츠루기로서는 모르겠다.

이미 미츠루기로서는 무엇이 옳은지 모르겠다.

하지만 무언가가 잘못되어 있다는 건 알고 있었다.

"이건 죽여야 해! 노오토가 인생을 망친 건 전부 이것 때문이야! 다 이것 때문이라고!"

스크램블은 입에서 타액과 위액이 뒤섞인 거품을 토해내며 간헐적으로 움찔움찔 떨면서 신축을 반복했다.

"내가 노오토를 구할 거야!"

망가진 소녀는 되뇐다. 구하기 위해 죽이는 것이라고.

폭주하는 톱니바퀴가 갑자기 다정한 목소리를 냈다.

"죽이고 나서 노오토를 인간으로 돌려놓을 거야. 그러면……한 번 더 사귀자, 노오토. 이번에는 꼭 키스하자."

그건 역시, 일그러진 가짜 다정함이었다.

미츠루기는 입을 연다.

"이제 됐어, 마시로."

그것 역시 가짜 다정함이었다.

무언가 부품이 빠진 망가진 물건은 망가진 소리 말고는 낼 수 없다.

미츠루기는 자신을 찌른 나이프를 안색 하나 바꾸지 않고 빼내더니, 피가 흐르게 내버려 둔 채 나이프를 옥상에서 던져 버렸다.

"앗……!"

완만하게 회전하며 흉기는 밤 너머로 향했고, 역시 당연하다는 듯 추락해 모습을 감췄다.

"스크램블을── 엑센트릭 박스를 파괴했다고 해서, 거래한 요소가 나에게 돌아오는 건 아니야. 통증이나 슬픔, 애정 모두 이미 이 녀석 것이야. 애초에 현상인 엑센트릭 박스를 파괴할 수는 없어. 아무리 처참한 짓을 해도 사람을 본뜬 상자가 괴로워할 뿐이야. 사라지지는 않아."

"그럴 수가……!"

"커헉……!"

스크램블이 거품을 내뿜으며 다시 숨을 내쉬었다. 질식감을 느끼고 고개를 세로로 세운 채, 상체를 일으킨다. 그 후로 아직 가시지 않았을 통증에 신음하면서 마구 굴러다녔다.

"그날 이 녀석과 인신 공양의 계약을 맺은 시점에서 나는 정도(正道)를 벗어났어. 그걸 자각했으면서도 나는 여전히 올바르게 살고자 했고. 정당화할 수 없는 일방적으로 남을 돕는 행위에 취해 있었지."

"그렇지 않아! 남을 돕는 건 언제든 올바른 일이야!"

"그럼 그럴지도 모르지. 하지만 올바르든 잘못됐든, 스크램블을 괴롭혀 봐야 아무 해결책이 되지 못해."

"그래도!!"

마시로의 분노는 사라지지 않는다. 오랜 사랑의 성취──, 그 시작부터 끝까지 비뚤어진 존재를 용서하지 않는다.

"그래도 나는 이걸 용서 못 해!"

마시로가 스크램블의 멱살을 움켜쥐었다.

"나는! 노오토를 쭉 좋아했어! 노오토가 혼자가 되기 전부터…… 어릴 적부터 쭉! 다정한 점, 남을 그냥 두지 못하는 점, 잘 웃는 점……. 그 전부를! 이 녀석은 내가 모르는 곳에서 순조롭게 그것들을 빼앗았고!!"

마시로와 미츠루기 사이는 미츠루기가 엑센트릭 박스와 만난 것보다 더 오래됐다.

사랑의 정의가 어렴풋해서 잘 모를 무렵, 마시로가 품은 호의의 대상을 엑센트릭 박스는 존재 이외에 뿌리째로 빼앗으려 했다. 마시로가 가장 좋아하는 사람의 좋아하는 점을, 전부.

"노오토를 돌려줘! 엑센트릭 박스!!"

"아니야, 마시로."

스크램블이 커다란 금색 눈으로 마시로를 노려본다. 무언의 안압에는 분노나 공포 이상으로 강한 감정이 도사리고 있었다.

"뭐가 아닌데?! 이 녀석은 노오토를――."

"그 녀석이 없었다면…… 나는 그날 죽었을 거야."

"…………뭐?"

미츠루기는 담담히 말한다. 항상 꿈의 첫 장에 나오는 광경을.

"어쩌면 아버지의 계획대로 나는 피할 수 있었을지도 몰라. 그럼 아버지와 어머니를 잃은 나는, 그때까지와 똑같은 모습으로 있을 수 있을까?"

미츠루기는 알고 있다. 엑센트릭 박스 따위가 없더라도 지금의 자신과 비슷하게 일그러져 있는 사람을.

"그날 엑센트릭 박스가 내 앞에 나타나지 않았더라도, 쓰는 걸 거부했더라도 나에게 남은 가능성은 발견 당해 죽었거나 부모님을 잃고 망가지나 둘 중 하나였을 거야. 하지만 엑센트릭 박스에게 의지함으로써 스크램블이 도와줌으로써, 나는 살아남을 수 있었어. 엑센트릭 박스는 나에게 부모님을 잃지 않고 살아남아 망가지는 길을 준 거야."

"윽, 하지만……!"

순간적으로 맺혔던 말을 와해된 이성을 제쳐두고 내뱉는다.

"노오토는 결국 부모님을 잃었잖아……!"

"그래. 그래서 함께 있는 거야. 엑센트릭 박스가 있든 없든, 나는 살아가기 위해서 망가질 수밖에 없었어. 그러니까 마시로, 네가 죽이고 싶어 하는 그 인형은── 나에게 아무런 영향도 없는 존재이자 현상이야. 다른 것과 마찬가지로."

미츠루기 노오토에게 소중한 것 따위, 이 세상 아무 데도 없다. 부모님도, 마시로도, 스크램블도. 그에게는 단순한 존재이자 현상에 불과했다.

"그럴, 수가……."

풀린 손에서 스크램블이 낙하한다. 털썩. 낙법을 취하지도 못하고 엉덩방아를 찧는다.

"미안, 마시로. 마지막으로 한 번만 더 여기서 선언할게."

표정 없이, 색도 없이. 무감정하게, 담담히. 체온과 함께 인간미를 잃은 채.

말을 잇는다.

"네 말이 옳아. 나는 처음부터 마시로 세츠미를 사랑하지 않았어."

분노며 슬픔, 새카맣게 소용돌이치던 마시로의 감정이 거품이 되어 사라져 간다.

남은 것은 공허한 슬픔이다.

"……윽."

알고 있었더라도. 눈치챘더라도. 이해했더라도. 말로 매듭지어진 사실은, 재차 마시로를 상처 입혔다.

"정말, 미안해."

욱신거리며 금이 간 마음이 아파진다. 하지만 마시로가 여기 있는 것은, 미츠루기를 여기 부른 것은 그런 사실을 뛰어넘기 위함이었다.

"……그럼, 앞으로 사랑해 줘."

갑자기 힘을 풀며 미츠루기의 품으로 쓰러졌다. 매듭이 풀린 붉은 리본이 스르륵 떨어졌다.

마시로 세츠미는 관계를 회복하기 위해 여기 있다.

처음부터 망가져 있던 관계라면, 한 번 더 새롭게 시작하면 된다고 생각 중이었다.

마시로는 그저, 그에게 사랑받고 싶었던 것이다.

그런 애처로운 소원을 미츠루기는 단 한마디로 일축했다.

"무리야."

어깨를 잡고 마시로를 떼어낸다.

"나에게는 이미──, 아니, 처음부터 애정이 뭔지 몰랐어. 앞으로도 알 턱이 없고. 미츠루기 노오토는 애정을 잃었어. 그것을 자각한 이상, 모르는 걸 아는 척할 수는 없어. 애정이 없는데 사랑할 수는 없어."

마시로의 소원은 버려졌다.

그리고. 마시로의 마음은 짓밟혔다.

"괜찮아? 스크램블."

미츠루기가 스크램블을 일으켰다. 그녀는 욱신거리며 치솟는 통증을 억누른 뒤, 신음 대신 거친 호흡을 내쉬었다.

"지쳤을 텐데 미안하지만 움직여 줘."

옥상에는 한 소녀와 '인간'을 초월한 소년이 있다. 그리고 인간 형으로 전개한 신비한 입방체도.

희생물은 자기 자신을 바쳐, 엑센트릭 박스에게 바란다.

"네 힘을 쓸게."

옥상에는 한 소녀가. 그것 말고 나머지는, 단순한 현상이 된다.

"그녀를…… 재워 줘."

◆

소원은 뭐든 상관없었다. 머리카락 색을 밝게 해 달라거나, 시력을 좋게 해 달라거나 저 별을 좀 더 밝게 해 달라고 해도 상관없었다. 마시로가 있는 이곳에서 『카미시로』의 힘을 쓸 수 있다면.

그렇게 하면 그녀의 기억에서 미츠루기 노오토의 존재가 사라질 테니까.

미츠루기가 정말 바랐던 것은 그런 것이었다.

그런 식으로 미츠루기는 마시로의 소원을 유린하려 했다.

"노오토!"

마시로가 미츠루기의 팔에 매달린다.

"그런 건, 난 조금도 원하지 않아!"

"그래. 내가 바라는 거야."

"어째서?!"

"나는 마시로 네가 스크램블에게 나이프로 휘두르는 모습 따윈 보고 싶지 않아."

치레 없이 있는 그대로 내뱉은 말이었다.

마시로의 표정이 아주 약간 안도를 되찾았다.

"…………알았어. 그럼 그건 그만둘게. 다른 방법으로 나는 노오토를 되찾을 거야."

자신을 생각해 주고 있다. 그는 그 안에서 미화된 마시로 세츠미를 원하고 있다.

그렇다면 그래도 상관없다고 마시로는 생각했다.

사랑하는 상대에게서 인간미를 빼앗은 인간형 상자에게조차 관용을 베풀라면, 그런 인간을 연기할 생각이었다.

점점 차가워져 가는 미츠루기 안에는 아직 자신이 있다. 그것만으로도 지금은 용서할 수 있다. 그렇다면 아직, 다시 시작할 수 있다고 생각했다.

"……아니야"

──라고 미츠루기가 말했다.

"나는 이제, 내가 너에게 영향을 미치는 걸 그냥 못 두고 보겠어."

자기 때문에 마시로 세츠미가 변하는 게 싫다. 그런 것이라면 아직 괜찮다. 그곳에는 특별한 감정이 있으니까.

하지만. 그게 아니었다.

"아니야."

미츠루기는 더욱 진의에 가까운 말을 내뱉었다.

"나는 이제, 아무에게도 영향을 미치고 싶지 않아."

진의가 말에 깃든다.

"나는—— 네 안에서 사라지고 싶어."

밀랍으로 만든 정교한 인형처럼, 그야말로 감정 비슷한 것을 붙여놓은 얼굴로 미츠루기는 마시로의 눈을 살폈다.

미츠루기는 그녀 안에서 아무것도 느끼지 못했고, 마시로는 그의 안에 있는 어둠에 전율했다.

마시로 세츠미에게는 애정을 중심으로 한 책략이나 타산이 있었다.

미츠루기 노오토에게는 아무것도 없었다.

엄밀히 말하자면 희미한 등불이었던 희망은, 전부 그의 안에서 자기 완결을 맺었다.

애정은 그것을 쏟아붓는 남이 없다면 성립하지 않는다.

미츠루기의 의도에는 끼어 있지 않았다.

그는 그를 위해 살고 있었다.

지금까지의 미츠루기에게는 남을 돕고자 하는 의지가 있었다. 그것이 망가진 마음일 것이라고, 분명히 그렇게 생각했고, 그런 생각이 그를 충족하고 있었다.

지금 그는 자기모순을 알아차리고, 그런 생각을 버렸다.

이제 그는 남을 돕는 것을 원하지 않는다.

설령 자신이 곁에 있음으로써 마시로가 구원을 얻는다고 하더라도, 미츠루기는 그것을 거부할 것이다.

지금 그가 바라는 것은 모순된 자신의 파괴였다. 어째서냐 하면 모순된 채로 살아갈 수는 없으니까.

그리고 살아갈 수 없다면, 최종적으로 가 텅빈 마음으로 바란 것은── 모순된 자신을 죽이는 것.

마시로의 마음에서, 자신을 기억하는 사람의 마음에서, 자신이라는 모순된 존재를 지우는 것이었다.

"마시로, 네 세상에서 날 지울 거야."

고고하며 곧은 의지에 마시로의 모든 것이 짓밟히며 무너져내렸다.

미츠루기의 세계에서는 이미, 마시로 세츠미가 사라져 있었다.

"시, 싫어!!"

그렇게 소녀의 살을 석둑석둑 도려내던 마시로가 뒷걸음질 치더니, 완전히 허릿심이 풀려 흐물흐물 주저앉는다. 뒤에서는 불안정한 단이 그녀의 목을 받치고 있었다.

"나는 노오토를 못 잊어!"

"아니, 잊을 수 있어. 엑센트릭 박스에게 예외는 없으니까."

말하고 나서 떠올렸다.

──그러고 보니, 히무로는 왜 자신을 기억했을까. 아아, 그러고 보니 같은 희생물이기 때문이라고 했지.

하는 수 없다. 나중에 제대로 그 모순도 지워야지.

미츠루기는 마시로 따윈 안중에 없었다.

"나는 노오토가 없으면 안 돼!"

"괜찮아. 그것도 대체되면서 너는 다른 소중한 사람을 찾을 거야."

"나는! 노오토가 아니면……!!"

이번에는 마시로의 호흡이 거칠어졌다.

"괜찮아. 그것도 대체될 거야."

걱정, 이라는 마음은 가지고 있지 않다.

모순을 알아차렸을 때부터, 미츠루기 안에서 급속이 자기 붕괴가 진행됐다.

이미 엑센트릭 박스 따위가 없더라도, 그는 충분히 망가져 있었다.

마시로의 주장은, 그가 가진 암흑의 심장에 봉살 당했다.

"자, 스크램블."

옆에 서 있는 현상을 재촉한다.

스크램블의 통증은 이미 사라진 상태였다. 통각은 있지만, 그 회복 속도는 인간의 그것과 꽤나 다른 듯하다. 적어도, 아직은.

바로 위에 뜬 어중간한 달이 금색 트윈테일을 비춘다. 달빛 파카와 군청색 피시테일 스커트. 시멘트 색의 스니커.

세상의 풍경을 그대로 뒤집어쓰면서, 스크램블은 큰 눈으로 미츠루기를 올려다보다가 뺨을 부풀리며 그녀답게 앳된 목소리로, 그녀답지 않게 늠름한 표정으로 답했다.

"거절할래!"

첫 거부였다.

이 상황에서, 여기까지 와서, 처음으로 보여준 명확한 거부였다.

"……어째서?"

"노오토를 좋아하니까."

사랑 고백이 밤하늘을 가로질러 간다.

마시로는 눈을 크게 떴다. 그리고 스크램블이 찔리면서 자신을 노려보던 이유를 짐작하고 자신의 실수를 깨달았다.

스크램블은 일방적으로 위해를 가하는 상대로서 마시로를 노려본 게 아니다.

연적으로서, 대등한 입장에서 노려본 것이었다.

거기에 이른 감정은 증오보다 질투가 많이 들어가 있었다.

"날 좋아한다면 도와. 나는 연인과의 연을 끊기 위해 힘을 쓸 거야."

"싫어."

도리도리도리. 크게 세 번, 고개를 가로저었다.

"그런 짓을 하더라도 노오토는 날 좋아하지 않을 테니까!"

"그래, 맞아. 나는 아무도 좋아하지 않을 거야."

"그러니까 싫어!"

노골적으로 혀를 차는 소리가 들렸다.

"그게 네 새로운 소원이라면 확실히 힘을 써도 너에게 플러스가 되진 않겠지. 하지만, 그건 지금까지도 그랬을 텐데."

미츠루기가 누군가를 도와도 스크램블에게 돌아오는 것은 없었다. 그녀에게 그것이 주어지는 건 미츠루기와 입맞춤을 했을 때. 그의 요소를 빼앗았을 때다.

"이번에도 내 요소는 줄게. 그게 뭐든. 그러니까 평소처럼 해."

"싫어!"

스크램블은 수긍하지 않는다.

"좋아하니까, 싫어!"

"내가 좋으면 내 말을 들어."

"좋아하니까, 안 들을래!"

미츠루기는 허리를 굽혀 강제로 그녀의 멱살을 거머쥔 다음, 자기 키보다 높은 위치까지 난폭하게 들어 올렸다. 앳된 얼굴을 괴로운 듯 찡그리는 소녀를 달빛이 비춘다.

"네 말은 이해가 안 돼. 옛날부터, 본질적으로 쭉 그랬어."

마시로는 말문이 막혔다.

그녀가 좋아했던 미츠루기 노오토는 이미 그곳에 없었다. 마시로가 끌렸던 미츠루기의 요소를 전부 엑센트릭 박스가 수납한 것일까. 아니면 미츠루기가 스스로 잃은 걸까.

답은 스크램블만이 알고 있었다.

"노오토는 인연을 끊어서는 안 돼. 그 사람과도, 이웃과도, 또 하나의 희생물과도."

그의 사정에 정통하며, 또한 그보다 인간미를 띤 인간형 상자가 있는 힘을 다해 감정을 역설한다.

"노오토는 스스로 불행해지려 하고 있어. 외톨이가 되려 하고 있어. 누구에게도 도움이 되지 않는 식으로 쓰려 하고 있어. 그건 잘못됐어!"

"내 불행을 네가 정하지 마."

"나니까 정할 수 있는 거야!"

이지러진 달을 등진 채로, 강제로 공중에 붕 뜬 채로 금색 눈으로 소녀가 미츠루기를 내려다본다.

"내 안은 노오토의 요소로 가득해. 나는 노오토와 만났을 무렵의 나와 많이 달라졌어. 노오토 색으로 물들었어. 그런 나니까, 노오토를 걱정하는 거야!"

괴로운 듯 목을 누르면서, 그래도 소녀는 두려워하지 않는다.

"노오토는 이제 내 힘을 써서는 안 돼!"

주저앉을 수밖에 없었던 마시로의 눈에는 으── 으──, 하고 신음하면서 폭력에 저항하며 진심으로 미츠루기를 걱정하는 소녀의 모습이 비춰졌다.

초등학생 소녀 한 명분. 약간 혀짤배기 같은 말투. 자신과 자신이 사랑한 사람의 적. 그런 소녀와 자신을 비교하게 됐다.

──나는 저 아이에게…… 그리고 그에게, 무슨 짓을 한 거지?

오로지 자신에게 거슬리는 것을 배제하기 위해 애썼으며, 다시 사랑받는 것에만 주력했다.

하지만 저 아이는── 스크램블은── 자신에게 흉기를 겨눈 나에게 사랑으로 대했고, 오조리 좋아하는 상대를 걱정했어. 그렇게 말없이 노려본 건 호소하는 의미도 있었을지 모른다.

'나보다 먼저 마주해야 할 상대가 있지 않느냐'라고.

그렇다면.

만약 둘 모두의 애정이 옳다고 치면. 어느 쪽이 더 가치 있느냐, 그건 마시로 자신이 통감하고 있었다.

"…………싫어!"

그래도 패배를 인정할 수 있을 만큼, 마시로 세츠미는 고결하지 않다.

다만 스크램블을 몇 초 전보다 평범하게 여길 수는 있게 됐다.

적어도 남에게 폭력을 행사할 정도로, 그녀는 망가지지 않았다.

그런 그녀의 눈앞에서, 미츠루기는 소녀를 머리부터 땅에 내던졌다.

"커헉?!"

동그란 머리가 가장 먼저 시멘트에 부딪혔다. 등을 강타했을 때, 그녀의 목은 거의 직각으로 구부러졌고 안쪽으로 기울어 있었다.

"노, 오토……?"

"네 주장은 알겠어. 의미는 모르겠지만 말하고자 하는 바는 알겠다고. 즉 내 말을 들을 생각이 없다는 거잖아. 그럼 듣게 하는 수밖에."

담뱃불을 끄듯이.

"커헉!"

소녀의 배에 내리꽂힌 발이 내장을 꾹꾹 짓뭉갠다.

"뭐, 뭐 하는 거야. 노오토?!"

"나는 알아. 내 주장을 통하게 할 때 폭력은 꽤 유효하단 걸."

예를 들어 소녀로 변한 히무로를 지키기 위해 사람 셋을 기절시킨 것처럼. 미츠루기는 임시변통으로 쓰는 폭력에는 긍정적이다.

지금은 그 폭력을 남을 위해서가 아니라 자신을 위해 행사하고 있을 뿐이다.

"내 명령을 따라, 스크램블. 네가 계속 거부하는 한, 나는 네가 점점 싫어질 거야."

"윽, 싫, 어!"

올라온 체액을 입 가장자리로 흘리면서 거절한다. 미움받더라도 학대하더라도, 스크램블은 미츠루기의 요구에 따르지 않을 것이다. 왜냐하면 그를 좋아하니까.

작게 한숨 짓더니 스크램블 위에 올라탄 미츠루기는 울상으로 계속 노려보는 소녀의 얼굴에 체중을 실은 주먹을 꽂아 넣었다.

"네가 만약, 내 생각을 조금이라도 바꾸고 싶다, 뭐 그런 생각을 하는 거라면! 그건 정말이지, 하찮은 일이야!"

피에 젖은 주먹이 소녀의 타액과 위산을 흩뿌린다. 주변에 새까만 웅덩이가 생기기 시작했다. 작은 몸을 바들바들 떨면서 소녀가 그 위에서 허덕인다. 주먹을 휘두를 때마다 눈물과 침과 타인의 혈액으로 끈적끈적해진 얼굴을 찡그린다.

"네가 말한다고, 내가 결심한 걸 한 번이라도 바꾼 적이 있었나? 대가를 듣고 소원을 취소한 적이 있었나? 없지. 단 한 번도. 내가 명령하면 너는 그걸 따른다. 쭉 그랬어. 이제 와서 네가 그걸 거부해도, 나는 그걸 밀어붙일 뿐이야."

"미안해!!"

맞으면서 스크램블은 큰 소리로 사과했다.

"노오토의 요소를 빼앗아서 미안해! 노오토를 말리지 않아서 미안해! 미안해! 미안해!!"

"사과하라고 한 적 없어."

스크램블은 계속 사과했다. 미츠루기는 계속 때렸다. 영원처럼 긴 시간, 그런 광경을 마시로는 바라볼 수밖에 없었다. 두려움에 떠는 수밖에 없었다.

"미안해!!"

한층 크게 사과하며, 스크램블은 사과하는 내용을 바꿨다.

"이런 내가 노오토를 좋아해서 미안해!!"

마시로 안에서 뭔가가 터져나갔다.

스크램블의 사죄는, 미츠루기와 마시로 모두에게 향한 것이었다.

"그러니까 사과하라고 한 적 없다고."

미츠루기가 다시 한번 더러워진 주먹을 휘두르려 했을 때,

"이제 그만해!!"

마시로가 뛰어들다시피 해 그 손을 잡았다.

"이제 그만해, 노오토! 과거의 노오토는…… 내가 좋아했던 노오토는 이렇게 지독한 짓은 안 했거든?!"

내뱉은 말은 전부 그녀 자신에게 돌아왔고, 덧난 마음에 꽂혔다.

그럼 그 미츠루기 노오토는 죽은 거 아닐까?

심장을 드러낸 그녀의 말조차, 지금의 미츠루기에게는 통하지 않는다.

통하기는커녕, 미츠루기는 마시로를 공격했다.

"애초에 마시로. 너는 내 호의가 빈 껍질이라는 걸 밝혔는데, 너는 어때?"

"……무슨 말을, 하는 거야?"

"미츠루기 노오토가 마시로 세츠미를 사랑하지 않았던 것처럼, 마시로 세츠미도 미츠루기 노오토를 사랑하지 않았던 거 아니냐? 그런 말이야."

마시로의 손이 미츠루기의 팔을 놓았다.

잡고 있을 수가, 없었다.

……이 사람은, 대체 무슨 말을 하는 거지?

너무나도 요점을 벗어난 규탄이, 그녀에게서 힘을 앗아갔다.

"…………사랑하지 않았던 게, 아니야……!"

사랑하지 않는 상대에게, 그렇게 열과 성을 다할 리 없다.

사랑한 순간부터, 마시로의 인생은 미츠루기를 위해 바쳐졌다. 그 순간이 언제인지는 떠올릴 수 없지만 미츠루기의 부모님이 그를 버리고 어디로 떠나 버린 것을 알게 된 무렵, 이미 마시로는 그를 위해 살기로 한 뒤였다. 살고 싶다고 생각했다. 그래서 외톨이가 되려 하는 그를 혼자 두지 않았다. 초등학교부터 고등학교까지. 마시로는 미츠루기 곁을 지켰다.

그런 그녀의 사랑을 의심할 정도로, 미츠루기는 '그것'이 뭔지 모르는 상태였다.

"그래. 하지만 잊어줘."

미츠루기의 파탄 난 마음은 폭주한다. 누가 어떻게 보건 계속 남을 도운 것처럼, 누가 어떻게 보건 미츠루기는 마시로의 기억에서 사라지려 한다.

한 번 더 주먹을 휘두르자 소녀의 몸이 무자비하게 튀어 올랐고, 마시로는 다시 그의 팔을 붙들었다.

"그만해!"

"이거 놔."

미츠루기가 마시로와 함께 제지를 뿌리친다. 땅에 쓰러진 그녀는 뺨이 까졌다.

하지만 포기하지 않는다. 몇 번이고 일어나, 마시로는 미츠루기의 폭력을 막는다. 몇 번을 쓰러져도 미츠루기에게 매달린다. 어디로도 가지 말라도, 돌아와 달라고 빌면서.

윤기가 흐르던 머리카락은 흙을 묻히고, 흰 피부에는 생채기를 새기고, 교복을 마른 땀으로 적시면서 그녀는 이를 악문다.

"나는 노오토를 포기하지 않을 거야!"

"…………그래."

갑자기 미츠루기가 움직임을 멈췄다.

그리고 주먹은 표적을 바꿨다.

그 자리에서 빙그르르 돌더니, 잠시의 망설임도 없이 악마의 팔이 치켜 올라갔다.

마시로를 보는 그의 표정에 이미 애정은 없었고, 자비나 감사도 어딘가에 버려둔 채 그저 자신의 소원을 방해하는 사람으로서 받아들이고 있었다.

가장 소중했을 상대를, 그는 자신을 잊게 한다는 목적을 위해 너무나도 쉽게 때릴 수 있었다.

요소를 전부 잃으면 이렇게 될 것이라고 생각하며, 기계처럼 차갑게 단단한 주먹을 그녀에게로 날렸다.

"안 돼!!"

스크램블의 외침이 그를 만류한다.

"그것만은…… 안 돼……."

"'그것만은'이 아니지. 이것도 안 돼. 저것도 안 돼. 애정을 가지면 그렇게 뭐든 부정적으로 변하나? 하지만 스크램블. 그런 건 안 통해. 소원을 이루는 데는 대가가 필요하지. 이 경우, 누군가의 소원을 이루기 위해서는 누군가의 소원을 버려야 해."

즉.

"내 소원을 이루느냐. 네 소원을 이루느냐. 자, 택해 봐. 엑센트릭 박스."

그 선택지는 올바른 동시에, 잘못된 것이었다.

미츠루기의 소원을 이루고 싶지 않다는 것도. 마시로가 미츠루기에게 맞게 두고 싶지 않다는 것도. 어느 쪽이든 스크램블 자신의 소원이었다. 그리고 어느 쪽이든 미츠루기를 생각하기에 생겨난 소원이었다.

지금까지의 미츠루기는 자신에게 최소 가치를 두었다. 그것이 올바르다고 스크램블은 생각하지 않았다. 하지만 가치 기준의 잣대를 찢어 버려 상대에게나 자신에게나 가치를 찾아내지 못하는 지금의 미츠루기는 올바르지 않은 정도가 아니라 잘못되어 있다고 생각했다.

애정을 잃기 전의 미츠루기라면 결코 마시로를 때리지 않았겠지. 우연인지, 스크램블도 맞을 일은 없었을 것이고. 오히려 힘을 얻기 위해 때렸으면 때렸지.

그래서 이런 상황에서 스크램블이 요구당하는 것은, 어느 쪽을 우선하는지.

애정을 잃기 전의 미츠루기 노오토와 애정을 잃은 미츠루기 노오토—— 혹은 자기모순을 알아차리기 전과 알아차린 후의 미츠루기 노오토——. 그중 누구를 우선할 것인가.

——어느 쪽을 사랑하고 있는가.

"…………알았어."

답은 나왔다.

스크램블은 비틀비틀 일어나 냉철하게 자신을 내려다보는 주인을 힐끗 바라본 후, 마시로를 향해 고개를 푹 숙였다.

"…………미안해."

그 사죄가 무슨 뜻인지 마시로는 바로 이해했다.

"싫어! 나는 노오토를 못 잊어!"

감정이 폭발해 몸을 갈기갈기 찢어놓을 듯했다.

아프지도 않은데 눈물이 나는 건 처음 있는 일이었다. 스크램블은 오랫동안 고개를 숙인 채로 있었다.

그녀는 잿빛 시멘트를 바라보며 이해했다. 그리고 여름의 별이 깜빡이는 군청색 밤하늘을 올려다보며 실감했다.

————이것이, 슬픔이라는 걸.

세상이 금이 가는 것처럼 진동하고, 희생물에게 엑센트릭 박스의 힘이 주입된다. 고통 없는 충격만이 희생물을 덮친다.

맞는 것보다 때리는 게 훨씬 더 아팠다.

그 통증과, 차츰 작고 약해져 가는 마시로의 울음소리를 들으며 스크램블은 고개를 숙인 채로 대량의 눈물을 쏟아내고 있었다.

이렇게 해서 미츠루기 노오토와 마시로 세츠미의 인연은 끝났다.

"이거면 돼."

품 안에서 잠든 과거의 연인을 바라보며 그가 툭 뱉은 중얼거림에 동의해 주는 이는 아무도 없었다. 그야말로, 미츠루기 자신조차도.

대가로서 지불한 것은 다정함이었다.

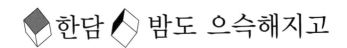 한담 ◇ 밤도 으슥해지고

약 4평짜리 네모진 방 한 칸. 창문으로 비쳐드는 삼각 모양의 달빛을 경계로 두 사람은 나뉘어 살고 있었다.

마시로가 가진 집 열쇠를 빌려, 그녀를 윗집까지 옮긴 후 미츠루기는 자신의 밤 침대에 앉아 기능을 정지시켰다. 눈을 뜬 채로 깜짝이는 정도의 동작도 없이, 그저 가만히 바로 위에 있는 천장을 올려다봤다.

말없이 그의 뒤를 터벅터벅 따라 걷던 스크램블은 집에 도착하자마자 부엌 구석에서 무릎을 모으고 앉아 훌쩍훌쩍 울면서 콧물을 훌쩍였다.

마치 한 장의 사진처럼, 두 사람은 거기서 한 발도 꼼짝하지 않았다. 미츠루기는 평소처럼 던지는 상자가 없어서 무료하고. 스크램블은 어째서인지 입방체로 돌아가려 하지 않았다. 치마 틈새로 달빛 색을 띤 속옷이 엿보인다. 수치심은 아직 미츠루기 쪽에 있었다.

그만한 짓을 해놓고 속옷 하나에 움직이기도 창피해서, 미츠루기는 쭉 천장을 보고 있었다.

밤은 이미 으슥해져 있었다.

"……이봐, 스크램블."

깨지 않는 꿈보다 길고, 차가운 현실보다 더 무거운 침묵을 깨며 입을 연 것은 미츠루기였다.

"미안하게는 생각해. 하지만 나로서는 그러는 것 말고는 다른 방법이 떠오르지 않았어."

"……방법이라니?"

"나를 지우는 방법 말이야."

질문은 바닥으로.

대답은 천장으로.

"지우면 어떻게 되는데?"

"모순이 사라져."

미츠루기 노오토라는 잘못된 존재의 영향을 지우면, 올바른 쪽으로 나아갔을 인간이 제대로 된 쪽으로 돌아서겠지. 그게 미츠루기의 생각이었다.

"나는 끼워 맞추는 거야. 다행히, 나를 기억하는 인간은 적어. 금방 끼워 맞출 수 있을 거야."

"그러면 어쩌게?"

"어쩌기는?"

"노오토의 기억을 모두에게서 지우고, 외톨이가 되면, 그러면 노오토는 어쩔 건데?"

"글쎄."

대답은 이미 나와 있었다. 그러나 미츠루기는 그것을 얼버무렸다.

"하지만 좌우간 그러기 위해서는, 하나 확인해 둬야 할 게 있어."

"……."

"히무로의 기억을 지울 수는 있어?"

"불가능해. 희생물에게는『카미시로』의 힘이 안 통하니까."

"그렇군. 그래서 내가 그 녀석의 여장을 보고도 매료당하지 않았구나."

그렇게 되면 하나의 문제가 생긴다.

미츠루기는 자신을 기억하는 인간 전원의 기억에서 사라지려 하고 있다. 그러니까 어떻게든 히무로도—— 라는.

거기까지 생각하고, 그것이 괜한 짓이라는 것을 알아차린다.

"……그 녀석은 됐나."

히무로 나츠메는 희생물이다. 희생물은 인간이 아니다. 인간이 아니라, 언젠가 자신처럼 파멸할 것이 예정된 존재다. 언젠가 자신과 똑같이 현상이 될 존재다. 그런 상대에게까지 힘을 쓸 필요는 없다. 자신이 신경 써야 할 대상에 그 녀석은 포함되지 않는다.

미츠루기는 정리한다. 치워야 할 인간을.

학교에서 그와 친하게 지내는 사람은 없다. 교사든 학생이든, 그를 공기처럼 대하고 있다. 당연히 거기 있으며, 언젠가 당연히 사라질 존재로서. 언제 사라질지도 모르는 존재로서 미츠루기는 학교에 있었다.

교사나 학생에게 악의는 없다. 다만 길에서 엇갈린 인간의 얼굴을 몇 초 후면 잊어버리는 것과 같은 일이다. 미츠루기는 일부러 그렇게 살아왔다. 무의식중에, 자신은 언젠가 잊힐 존재라는 체념이 작용하고 있었던 걸지도 모른다.

마시로와는 개인적인 교류였기 때문에, 그녀의 부모님은 미츠루기의 얼굴조차 모른다.

그렇다면 남은 건 한 사람이다.

"……이웃 씨인가."

크크큭. 미츠루기는 소리 없이 웃었다.

그 사람이라면 뭔가 이쪽에서 특별한 짓을 하지 않더라도, 평소처럼 베란다에 나오면 금방 불씨를 떨어뜨리겠지. 그 사람은 아마 자신이 생각하는 것보다 훨씬 얼빠진 구석이 있다. 바로 다시 도움을 필요로──.

"……아니야."

생각을 고친다. 삶을 고정한다.

나는 이제 남을 돕지 않을 거야. 그런 모순된 불쾌한 방법으로 살지 않을 거야. 이웃 씨가 기분 좋다고 할 만큼, 시원시원하게 살 것이다. 올바르게 살다 죽는 것이다.

그렇다면 역시 자기 쪽에서 수를 써야만 했다. 당장에라도 벽을 부수고 잠든 것을 덮치는 기세가 필요했다.

"……아니, 됐나."

사고를 씻어낸다. 논리를 휩쓴다.

딱히 직접 나서지 않아도 된다. 이웃에게 뭔가 힘이 작용하면 그만이다. 뭔가를 빌고 히무로처럼 뭔가를 시키면 그만이다.

그럼 뭘 하게 할까?

담배를 피우게 한다. 아니, 안 돼. 그 사람은 금방 손이 미끄러지니까. 지금은 이미 옆집에서 자고 있겠지. 부주의로 어쩌면 타 죽게 될지 모른다.

베란다로 나오게 한다. 아니, 안 돼. 라쿠지츠 스트리트에서 있었던 일로 보아, 조종당한 인간은 아무래도 주어진 목적 이외에는 무감각해지는 경향이 있는 듯하다. 이웃은 그림을 그린다고 했다. 만약 그 그림을 밟아서 못 쓰게 만드는 일이 생긴다면 미안하니까.

그럼 '움직이지 마'는 어떨까? 아니, 안 된다. 이웃이 베란다에서만 담배를 피운다고 할 수는 없다. 만약 명령했을 때 피우고 있었다면 역시 굳은 손가락에서 불씨가 떨어져 타죽을 것이다.

어떤 생각이든 위험이 따른다.

"……위험?"

위험이 따르는 게 뭐? 마시로를 때리려고까지 했는데, 이제 와서 왜 남을 걱정하는 거지? 이웃의 몸이나 그림 따위를 걱정하는 거지? 이래서는 남을 돕던 때와 다를 게 없잖아……. 아니, 그보다 불편하잖아.

애정을 품고 있는 줄 착각하고 마시로에게 잘해줬을 때와 똑같잖아. 있지도 않은 다정함을 남에게 보이다니. 좋은 사람으로라도 보이고 싶은 건가? 미움받기 싫은 건가? 마시로에게 그랬던 것처럼.

"윽……!"

그런 생각을 하는데 또 그 과호흡이 미츠루기를 덮쳐들었다. 숨을 잘 쉴 수 없다. 없는 마음이 비명을 지른다.

"괘, 괜찮아——?!"

고개를 숙이고 부루퉁해 있던 스크램블이 황급히 그에게 달려온다.

달빛의 경계가 사라졌다.

"……그래, 괜찮아."

이번에는 조금 전보다 길게는 괴로움이 이어지지 않았다.

왠지 모르게, 미츠루기는 이 현상의 원인을 알고 있었다.

──애정. 다정함.

그런, 자신이 대가로서 지불한 것에 대해 깊게 생각하면 아무래도 이 괴로움을 발생할 수밖에 없다. 이전까지 가지고 있던 감정을 마음이 끌어내려다가, 그게 없다는 걸 알아차린 것이다. 있어야 할 것이 없다. 없는 것을 필요로 하고 있다.

그 결과, 마음은 찢어지듯 아픈 것이다.

그럼 생각하지 않으면 그만이었다.

"……스크램블."

미츠루기는 사고를 다른 곳으로 돌렸다.

즉, 스크램블이 명령을, 소원을 거부한 것에 대해.

이유는 묻지 않는다. 물어 봤자 '애정'이 답으로 돌아올 테니까. 그건 이제 필요 없다.

그가 걱정하는 것은 다음에 자신이 소원을 품었을 때, 다시 스크램블이 그것을 거부할지도 모른다는 것이었다. 이번처럼 폭력을 행사하는 건 미츠루기로서도 바라지 않았다.

그렇기에 그는 생각한다. 뭘 하면 그녀가 빠르게 말을 따를지.

답은 나왔다. 미츠루기는 소녀의 뺨을 살며시 어루만지며, 말한다.

"키스해도 돼."

잠시 어리둥절해하던 스크램블의 뺨이 볼록하게 부풀었다.

"……싫어!"

그녀는 키스하지 않았다. 대신 부비부비부비. 동그란 머리가 녹슨 드릴 같은 각도로 회전을 반복하며 미츠루기를 눌렀다. 살을 파고드는 힘은, 없다.

"…………싫어……."

미츠루기의 가슴에 고개를 묻으면서 또박또박 중얼거린다.

사랑 없는 키스로 소녀를 유린할 수는 없었다.

식욕. 물욕. 그 밖에 스크램블이 원하는 것을 슬쩍 내보여 봐도, 그녀는 고개를 홱 돌릴 뿐이었다.

"그럼 이제 됐어. 오늘은 상자로 돌아가."

지쳤다는 듯 미츠루기는 말한다. 피로감은 없을 텐데, 두 번이나 없는 마음이 삐걱거리니 미츠루기는 지쳤을 때와 많이 비슷한 상태가 되었다.

"싫어."

오늘의 스크램블은 고개를 가로보다 세로로 많이 젓고 있다.

"반항기야?"

"그럴지도 몰라."

작은 중얼거림이 군청색 방에 녹아들었다.

"……노오토를 혼자 두고 싶지 않아."

"……맘대로 해."

철가면을 쓴 소년의 얼굴에는 망설임보다 사소한 도착(倒錯)이 드러나 있었다.

그것이 그에게 아직 남은 인간미의 잔상이었다.

고개를 돌리면서 스크램블은 곁눈질로 그 파편을 놓치지 않고 보고 있었다.

미츠루기 노오토는 아직 아슬아슬하게나마 다시 시작할 수 있을지도 모른다. 뭔가 계기만 있다면.

그런 생각을 한 것은, 바란 것은 오늘이 처음이었다.

엑센트릭 박스라는 존재인 자신에게 참을 수 없는 짜증을 느낀 것도.

'애정'이라는 괴로움을 안 것도.

오늘은 소녀에게 '처음'이 많은 날이었다.

그런 하루의 끝. 시계의 세계에서 세 개의 침이 하나가 되었을 때.

최후이자 최초인 신비로운 현상이 약 4평짜리 방에 발생했다.

■

"음히히히히!"

공부용 책상에 푹 엎어진 채, 히무로 나츠메는 발을 버둥거리며 웃었다. 눈앞에 있는 편지지에 문자를 쓰기 시작한 후로 이미 세 번째였다.

"역시 최고야! 남이 내 생각대로 움직인다는 건."

약 3평짜리 방. 수채색 벽지에 촘촘하게 박힌 데포르메된 별들이 그런 그를 바라본다.

"나는 바싹 몰아붙일 거야. 미츠루기 노오토라는 히어로를. 그리고 무적의 히어로는 완성되는 거지……!"

불쾌한 혼잣말. 북받치는 감정.

"크하하하하하!!"

넘쳐흐른 환희의 웃음소리에 반응해, 가장자리가 찢어진 장지문이 열렸다.

"…………네, 죄송해요."

어머니의 불호령이 떨어졌다.

침대에 늘어놓은 토끼며 호랑이 인형이 나란히 고개를 움츠렸다. 히무로도 함께.

"……야, 엑센트릭 박스."

모친이라는 최대의 위협을 내보낸 후, 왠지 멋쩍어진 히무로는 의자 등받이에 팔을 걸치며 거드름을 피운다.

"엑센트릭 박스, 전개했습니다."

책상에 놓여 있던 엑센트릭 박스는 공중에 떠올라 그의 옆으로 이동한 다음, 전개했다. 책상 조명보다 더 강한 암흑을 한 면으로 내뿜으면서.

"'삼가 올립니다' 다음에는 뭐라고 쓰는 거야?"

바깥쪽으로 흘러내린 물색 머리카락. 선처럼 가느다란 푸른 하늘색 눈. 앞가슴이 벌어진 드레스에 힐. 그런 외모를 가진 소녀로 의태한 엑센트릭 박스는 미간을 찡그렸다.

"그건 희생물의 소원, 으로 받아들여도 될까요?"

"바보야! 왜 그런 사전만 보면 알 문제에 내 요소를 바쳐야 하는데?"

"그럼 사전을 보세요."

"그게 귀찮아서 알려 달라는 거잖아!"

"……날씨 관련 인사가 괜찮지 않을까요."

"아니야! 마지막에! '삼가 아룁니다'와 짝이 될 말!"

"'이만 쓰겠습니다'요."

"그래, 그거야!"

새카만 편지지에 흰 잉크로 '이만 쓰겠습니다'라고 적는다. 어찌어찌 해독할 수 있는 레벨의 글자였다.

"서두에 한 칸을 띄어 쓰거나 그런 건 아니지?"

"네. 머리말과 맺음말에 띄어쓰기를 할 필요는 없어요."

"좋아."

후──, 하고 긴 숨을 내쉰다.

"그나저나 엑센트릭 박스. 너는 정말 기계 같구나."

"제가요?"

"그 스크램블이라고 부르는 상자는 너와 비교하면 꽤 인간다운 말투를 썼는데. 너도 뭔가 이름을 붙이면 그렇게 될까?"

"아니요. 호칭은 관계없어요. 요소를 받으면 언젠가 인간미를 띠니까요. 반드시 그 상자와 같은 인격이 된다고 할 수 없지만요."

"아, 그래."

시시하다고 끊으며 화제를 바꾼다.

"봤냐? 그 상자, 스크램블은── 희생물의 명령을 거부했어."

"저는 못 봤어요. 아무것도."

히무로는 미츠루기과 헤어지자마자 마시로에게 편지를 보냈다. 미츠루기에 대해 아는 사실을 전부 담아서. 그럼으로써 마시로는 뭔가 액션을 취할 것이고, 미츠루기는 그것을 막기 위해 『카미시로』를 쓸 수밖에 없다. 그런 계획이 올바르게 굴러갔는지 확인하기 위해, 히무로는 엑센트릭 박스의 힘을 이용해 옥상의 상황을 살피던 중이었다.

굳이 마시로를 세뇌하지 않은 것은 1분이 지나도 미츠루기에게 계속 갈등을 줘야 할 필요가 있었기 때문이다.

계획은 대강 성공한 듯했지만, 스크램블이 미츠루기의 소원을 거부할 줄은 상상도 못 했다.

그대로 스크램블이 무슨 짓을 당하더라도 계속 거부했더라면, 히무로의 작전은 실패까진 아니더라도 성공했다고 할 수 없었겠지.

아니, 결국 성공은 아닐지도 모른다.

미츠루기를 고독하게 만든다는 목표는 달성했지만, 그 과정에서 오산이 생긴 것이다.

"저기, 엑센트릭 박스."

"왜요?"

"……아니, 됐어."

히무로는 나오려는 말을 삼켰다.

아직 인간답지 않은 입방체에게 감정에 대해 물어봐야 의미는 없다.

정의로운 히어로상 따위를 그녀가 알 리 없다. 아마 인원은 5명이 필요하다거나, 각각 모티브 컬러를 띤 슈트를 착용하는 게

의무화되어 있다거나, 그런 엉뚱한 말이 날아들 뿐이다.

그래서 히무로는 혼자 생각한다. 진정한 히어로가 무엇인지를.

——히어로가 연인이나 동료에게 폭력을 휘두르는 것이 가능한지를.

결론은 나오지 않았다. 그래서 잠정적으로 미츠루기는 계속 그의 히어로로 남았다.

약한 자를 돕고, 강자를 꺾는다. 그런 이상적인 히어로.

자신은 그것을 보좌하는 사람. 그냥 그거면 됐다.

남을 죽도록 괴롭히고 싶은 자신은 이미 아무리 애써도 히어로가 될 수 없으니까.

"이봐, 엑센트릭 박스."

"왜요?"

"나는 너와 만난 후로 얼마나 달라졌어?"

"제가 달라진 만큼 달라졌어요."

"거짓말쟁이! 나는 처음에는 좀 더 왜, 정의를 사랑했어!"

"아니요. 히무로 님은 처음부터 그런 느낌이었어요."

"아니. 나는 달라졌어. 그러니까 너는 좀 더 달라졌어야 한다고!"

"네에."

애매한 답에 신음하면서 히무로는 머리를 긁는다.

"너는 좀 더 왜, 나한테 흥미가 있진 않아? 그쪽은, 조…… 좋아한다! 고 하던데!"

"흥미라고 해도…….."

"질문이나 요구는."

"예를 들면요?"

"'아까는 무슨 말을 하려던 건가요?'라거나."

"아까 무슨 말을 하려던 건가요?"

"바보야, 안 알려줘!"

한숨 한 번. 엑센트릭 박스는 고개를 가로저었다.

"뭐 좀 물어봐."

"그렇게 말해도……."

엑센트릭 박스는 생각하다가 우선 밝혀지지 않은 부분에 대해 묻기로 했다.

"그럼 히무로 님은 어째서 미츠루기 님에게 집착하시나요?"

"오오! 그거야, 그거! 보통은 알 법한 일이지만, 뭐, 수습 인간인 너치고는 훌륭한 질문이야."

만약 피로라는 요소를 받았더라면, 지금의 자신은 딱 그런 상태에 빠졌을 것이라고 엑센트릭 박스는 생각한다.

"이유는 두 가지야."

다소 기분이 좋아진 히무로는 입을 열었다.

"하나는 그 녀석이 나와 같은 희생물이기 때문이고. 또 하나는 그 녀석이 내가 원하는 히어로에 가장 가깝기 때문이야."

"네에."

희생물끼리는 상대에 대해 잊을 수 없다. 그렇기에 여러모로 말이 통하는 바가 있겠지. 그것뿐이라면 그녀 역시 이유로 받아들일 수 있었다.

그러나 그 이유와 두 번째 이유는, 현재 상황과 대조하면 모순되어 보였다.

히무로가 말하는 히어로와 히무로 자신은 적대관계에 있다. 미츠루기가 어떻게 생각하는지는 둘째치더라도, 적어도 히무로는 그를 방해함으로써 적대할 생각이다. 동경하는 히어로를 방해하고 있다. 같은 희생물 동지로서가 아니라 같은 힘을 쓰는, 배제해야 할 적으로서 존재하려 하고 있다.

능력을 주는 대신 요소를 가져간다. 그런 관계인 상대로만 봤던 히무로 나츠메라는 인간에게, 처음으로 묻고 싶다고 생각한 의문이 그녀 안에 떠올랐다.

"히무로 님은 미츠루기 님과 어쩌실 생각인가요?"

"잘 물었어! 그거야말로 이 계획의 최종단계야!"

히무로의 기분이 최고조에 달한다.

"크하하핫하하!!"

넘쳐흐른 환희의 웃음소리에 반응해, 전통식 종이가 벗겨진 장지문이 열렸다.

"…………네, 그만 잘게요."

어머니의 불호령과 쇠주먹이 떨어졌다.

히무로는 징징 울리는 머리를 감싸며, 순식간에 입방체로 돌아간 엑센트릭 박스를 다시 부른다.

"이봐, 엑센트릭 박스."

"엑센트릭 박스, 전개했습니다."

"힘을 쓸 거야."

"알겠습니다."

"이 편지를 미츠루기 노오토의 방으로 보내고 싶어."

"대가는 수집벽인데요?"

방을 장식한 인형. 선반 안쪽에 처박아놓은 카드 파일. 그런 것들을 생각하며 공양하듯 눈을 감고 잠시 후.

"……그래, 상관없어."

히무로는 작게 고개를 끄덕였다.

"알겠어요."

엑센트릭 박스가 두 팔을 벌린다.

히무로는 자리에서 일어나 고작 자신의 복부까지 오는 소녀를 내려다보며 물었다.

"너는 이 방법이 싫지는 않아?"

"네. 통증은 없거든요."

"그럼 통증을 느끼게 되면 싫어할까?"

"아마 달라지는 건 없을 거예요. 우리 엑센트릭 박스의 제1 욕구는 희생물에게서 요소를 얻는 것이니까."

"……글쎄다."

스크램블을 전례로 들면, 그녀의 단언은 매우 불안하게 들렸다.

"남이 괴로워하는 얼굴을 보기 위해 살아가는 사람치고는 용케 그런 걸 묻네요."

재촉당한 대로 엑센트릭 박스는 흥미를 드러내 본다.

지금까지도 같은 질문을 이미 13번이나 받았다.

"나는 시키는 대로 온 힘을 다해 때리는데, 네가 조금도 괴로워하는 표정을 안 지으니까 그렇지."

"죄송합니다."

작게 혀를 찬다.

"……참 나. 거짓말이야."

"거짓말?"

"네가 괴로워하는 얼굴만은 어째서인지 보고 싶지 않아. 인간이 아니라서 그런가?"

"네에."

애매하게 맞장구치면서 어쩌면 전언은 철회해야 할지도 모르겠다고 엑센트릭 박스는 생각한다.

어쩌면 정말 히무로는 본래 다정한 인간이었을지도 모른다.

"괴롭지 않으니까 마음껏 치세요."

"그래, 알았어."

소녀의 몸에 소년의 주먹이 박힌다. 몸을 반쯤 굽히며 구역질하는 소녀의 몸을 소년은 힘껏 끌어안았다.

주먹을 통해 소원을 이루는 힘이 소년에게 깃든다. 밤색 눈동자가 보랏빛으로 바뀐다.

그렇게 해서 그가 쓴 편지는 미츠루기의 방으로 전송되었다.

"──바로 오늘, 악당을 퇴치하며 히어로가 완성될 거야."

■

새카만 편지지가 미츠루기의 방에 갑자기 출현한 것과 같은 시각.

벽 하나를 사이에 둔 옆방. 마찬가지로 조명 대신 은은한 달빛만을 의지하는 어둠 속에서, 하나의 작품이 완성을 맞았다.

크게 삼각형으로 깐 대량의 신문지. 그 위로 굴러다니는 여러 형태의 붓. 다양한 종류의 그림 도구. 오일을 부은 꽃병. 수많은 짙은 색으로 오염된 팔레트, 원래는 희었던 티셔츠까지.

그것들 중앙에 선 삼각대 위의 캔버스.

그곳에는 아래쪽의 더러움이나 어지러운 환경과는 무관한 청결하고 아름다운 그림이 있었다.

구름 사이로 비쳐드는 태양 빛에, 초원에 씩씩하게 피어난 흰 꽃 한 송이. 좌우로 대칭을 이루는 꽃잎을 두른 어느 쪽으로도 기울지 않고 곧게 자란 꽃.

인간은 없다. 있었던 흔적조차 없다. 무엇과도 섞인 적이 없는, 더러움과는 연이 없는 존재. 결코 꺾일 리 없는, 미래가 보장된 조화 같은 꽃 한 송이.

몇 개월, 혹은 십몇 년의 고심을 거쳐 완성된 한 장의 그림을 바라보며 유나기는 중얼거린다.

"……기분 나빠."

손에 든 대패로 지금 당장에라도 밀어버리고 싶다는 충동을 억누르며, 그녀는 앉아 있던 둥그런 의자에서 일어났다.

그림을 그리기 시작한 지는 십 년 남짓. 완성된 자신의 그림을 바라보며 그녀가 불쾌감을 느끼지 않은 적은 없다.

기술적인 이야기가 아니다. 일단 기술 면에서는 평론가를 자칭하는 자들에게서 확실한 보장을 받았다. 그녀 자신도 표현력에는 일정의 자부심이 있었다. 일부러 균형을 무너뜨리고 그 부조화를 미로 삼을 정도의 실력은 있었다.

그녀가 마음에 들지 않는 건 좀 더 근원적이며 치명적인 부분이었다.

유나기 아리스가 그리는 그림은, 반드시 그녀가 표현하고 싶은 것과는 거리가 있었다.

실은 좀 더 끈적끈적하고 엉망인 것을 그리고 싶은데, 어느새 그녀의 그림에서는 피와 폭력, 격정이 소실되었고 입바른 칭찬을 듣는 말쑥한 그림이 완성되어 있다.

이런 것은 가짜 그림이라고 유나기는 생각한다. 거짓으로 도배한 기분 나쁜 그림. 자신이 원하는 불쾌한 쾌감과 정반대 위치에 있는, 보는 자를 기분 좋게 만드는 기분 나쁜 그림.

하지만 이게 좋은 평을 받는 그림이다. 그렇다면 지금은 이 그림이면 된다.

"……후후훗."

유나기는 자신이 납득할 그림을 그린 적이 없다. 그곳에 표현하고 싶은 바를 담을 수 없으니까.

그러니까 그녀에게는 확신이 있었다. 직접적인 확신이다.

──남의 눈길을 끌 정도로 유명해지려면, 유나기 아리스는 분명 표현하고 싶은 바를 표현할 수 있게 될 것이라는.

떠받들어질 필요는 없다. 다만 주목을 모을 필요는 있었다. 누군가에게 보일 필요가 있었다.

그것뿐이지, 그녀는 그녀만의 예술을 낳을 자신이 있었다.

"⋯⋯실은 이웃 군만 봐줘도 괜찮지만."

주로 소녀의 목소리로 시끄럽던 벽 너머로 시선을 날리며 쓰게 웃는다.

"아무래도 이웃 군도 꽤나 힘든가 본데."

유나기는 울적한 기분을 샤워하며 씻어냈다.

젖은 몸을 적당히 닦은 다음 트레이닝복을 입고 베란다로 나간다. 침대에 놓아둔 담배와 라이터, 그것과 비행기 모양으로 접힌 검은 편지지를 손에 들고.

옆을 힐끗 보고, 아무도 없다는 것을 알고 나니 살짝 슬퍼졌다.

기분 전환 삼아 담배에 불을 붙이고 입가로 가져간 다음 또 쓰게 웃는다.

"⋯⋯12살은 담배도 못 피우잖아."

유나기는 살며시 담뱃불을 껐다.

거리의 조명도 꺼진 군청색 어둠으로, 그녀는 살며시 종이비행기를 날린다.

진실을 기록한 수기가 어둠 속을 난다. 더는 돌아올 일이 없는 것처럼.

"마법사는 지금, 얼마나 도움이 되고 있을까?"

난간에 앉아 달을 올려다보는 유나기의 꿈은, 그리고 오늘 이뤄지는 것이었다.

그녀가 바란 죽음과 함께.

■

하루를 뛰어넘어 마시로 세츠미는 눈을 떴다. 그녀가 『카미시로』의 유효시간이 지나서도 계속 잠들어 있었던 건 단순히 인간의 몸이 자연적으로 수면을 필요로 했기 때문이다.

마시로의 심신은 한계까지 소모되어 있었다. 낮에 미츠루기의 전화를 받은 후로 쭉.

일어난 뒤 우선 그녀는 어두운 방에서 조명을 켰다. 시계를 본다. 새벽 2시. 꽤 이상한 시간에 잠에서 깼구나 했다.

오늘 취주악부 연습은 오후부터다. 계속 깨어 있기에는 시간이 너무 많이 남는다. 어떻게든 한 번 더 자는 게 낫겠지.

그녀는 머리맡에 둔 라디오 스위치를 켰다. 심야답게 차분한 재즈넘버가 흐르고 있어 듣기에 좋았다. 방의 조명을 끄고 사이드 테이블에 있는 간접조명에 몸을 기댄다.

휴대폰이 울렸다.

어머니였다. 무시했다.

이런 시간에 연락하다니 여전히 상식이 없는 부모다. 잘 지내고 있느냐, 부족한 것은 없느냐. 늘 하는 그런 이야기겠지. 그래서 받지 않음으로써 괜찮다는 것을 전한다. 그 정도 반항기는 있어도 된다고 본다.

콩쿠르가 곧이다. 요리하고 빨래와 청소도 해줘야 한다. 걱정인 것은 알지만, 부모와 이런저런 이야기를 나눌 기분이 아니다.

"…………응?"

──누가 먹을 요리를 하고 누구의 옷을 빨고 누구의 집을 청

소해 '준다'는 거지? 혼자 사는 자신에게 돌볼 상대 따위는 없다.

──뭔가 중요한 것을 잊고 있는 느낌이 들었다. 그리고 그것은 이제 두 번 다시 떠올리지 못할 듯했다.

"……어라?"

쳐진 눈꼬리에서 한줄기 눈물이 흘러내렸다. 상처 하나 없는 뺨에.

휴대폰에는 모르는 번호로 온 착신이 있었고, 자신은 그것을 받았으며 그 사실을 기억하지 못했다.

다시 걸 마음은 들지 않았다. 시간도 시간이고 설령 상대가 깨어 있으며, 자신을 안다고 하더라도, 이상하게도 전화가 연결되지 않을 듯했다. 전파도 닿지 않을 정도로 멀어져 있을 듯했다.

가슴이 찡하고 죄어든다.

그러나 그것은 1시간이 지나자 안정되었고, 라디오를 끈 그녀는 다시 잠에 들었다.

밤 동안 한 번도 누군가 바닥을 아래에서 노크하는 일은 없었다.

마시로 세츠미는 미츠루기 노오토를 잊고 있었다.

잊고 싶지 않다는 마음은 결실을 이루지 못했고, 아무 기적도 일어나지 않았다.

그러나 그녀는 며칠도 지나지 않아 재회하게 된다.

망가진 인간 및 인간형 상자와.

■

라쿠지츠 스트리트에서 떠오른 태양이 서쪽 바다에 삼각형 모양의 그림자를 새길 때, 여섯이 모이고, 그리고—— 단 한 사람의 소원이 이뤄진다.

휴먼 게놈은 무한한가?

[삼가 아룁니다. 오전 10시, 당신의 소중한 것을 가지러 옥상으로 가겠습니다. 이만 쓰겠습니다.]

히무로에게서 그런 편지가 도착했다. 대강 10시간 전의 일이었다.

"가게?"

"그래."

미츠루기는 방을 나선다. 한숨도 자지 않은 초췌한 눈을 아침 햇살이 태웠다.

미츠루기가 잠들지 못한 적은 오늘까지 없었다. 지치지 않더라도 그의 몸은 자연스레 수면을 요구했다. 애정의 상실이 수면의 상실로 이어진 것은 예상 밖이었다.

그러나 결과적으로는 잘된 일이다. 그, 매일 똑같은 회상의 꿈을 꿀 바에야 잠들지 않는 게 더 나았다.

특히 어제 일은 별로 떠올리고 싶지 않았다.

어쩌면 잠들지 못한 건 오늘뿐이고, 내일이면 교활한 수마가 찾아들지도 모른다. 하지만 미츠루기는 아무 걱정도 하지 않았다.

내일부터 쭉 잠들지 못할 수도 있다고 하더라도, 여전히 불쾌한 꿈을 계속 꿀지 모른다고 하더라도.

왜냐하면, 그의 예상이 옳다면, 오늘로 모든 게 끝나니까.

미츠루기 노오토라는 모순은 사라지고, 세계는 대강이나마 다시 올발라질 것이다.

"──꺄악!"

따분한 아크릴 바닥을 바라보면서 계단을 올라가는데, 갑자기 누군가와 머리를 부딪혔다. 익숙한 목소리가 들리자 미츠루기는 고개를 들었다.

"아야……."

교복을 입은 마시로가 머리를 누른 채 웅크려 앉아 있다.

동아리 활동 시간이 갑자기 앞당겨져, 그녀치고는 웬일로 서두른 탓에 주의가 부족했던 것이다.

"죄송해요!"

마시로는 고개를 들고 사과했다.

두 사람의 눈이 마주쳤다.

"저기, 정말 죄송해요! 괜찮으세요? 아, 그럴 리가 없나! 저기……."

"아니, 괜찮아."

미츠루기에게는 통증이 없었다.

사정을 안다는 표정으로 스크램블이 미츠루기 뒤에서 고개를 빼꼼 내밀었다.

"그럼 이만."

미츠루기는 그녀에게 상관하지 않고 계단을 오른다. 슬픈 듯 그 뒤를 스크램블이 뒤따랐다.

"……저, 저기!"

교차한 계단에서, 마시로는 네 단 낮은 곳에서 말을 내뱉었다. 미츠루기의 발이 멈췄다.

"저는 마시로 세츠미라고 해요! 고등학생, 맞죠? 저도예요. 그러니까, 저기, 괜찮으시면 친하게 지내요!"

처음 보는 이성에게 대체 내가 무슨 소리를 하는 거지? 언제부터 이렇게 파렴치한 여자가 된 걸까? 어질어질. 어질어질. 마시로의 흰 얼굴이 금세 빨개져 갔다.

미츠루기의 입가가 아주 살짝 느슨해졌다. 계단 안쪽으로 비쳐든 아침 햇살에 빨려들어 사라질 듯 허무한 미소였다.

"미안. 나에게는 그럴 마음도 자격도 없어."

과거 사랑으로 이어져 있던 소녀의 관심은 여지없이 잘려 나갔다.

"……시, 실례했습니다!"

창피함을 이기지 못한 마시로는 전광석화. 두 계단씩 계단을 뛰어 내려가더니 달려갔다.

"……그래도 되겠어?"

"이거면 돼."

스크램블은 이미 미츠루기가 뭘 하고자 하는지 짐작하고 있었다. 혼자 남은 후, 모두에게 잊힌 후, 그가 뭘 할 것인지.

하지만 그때, 자신이 어떻게 할지는 아직 모르겠다.

결국 어제 마시로가 미츠루기를 잊게 하라는 명령을 따라 버린 자신이 대체 뭘 할 수 있을지. 뭘 해도 될지. 모르는 채로 그녀는 계단을 올라갔고, 미츠루기가 열어놓은 삐끗거리는 문을 닫았다.

"——안녕."

불균형한 은색 머리카락을 곤두세운 히무로 나츠메가 서 있었다. 검은 오프 넥과 무릎에 구멍이 뚫린 대미지 진. 오늘은 그야말로 그다운 복장이다.

손 위에서 춤추는 것은 입방체. 아침 햇살을 받아 여섯 면이 일곱 가지 색으로 빛나고 있다.

"어제의 유희는 마음에 들었어?"

"그래. 덕분에 내 모순을 알아차렸어."

거리로 따지면 5m. 두 사람 사이로 여름 바람이 통과했다.

"히무로."

"왜."

"난 너에게 몇 가지 묻고 싶은 게 있어."

휴일의 소음은 옥상까지 들리지 않는다. 두 사람의 목소리는 구름 하나 없는 조용한 하늘로 쭉 뻗어나갔다.

"인간이 자기 실수를 깨닫고 허우적거리는 순간을 보고 싶다—— 그걸 위해 엑센트릭 박스의 힘을 쓰는 것이라고 너는 그랬지. 그럼 어제의 나는 어땠어?"

"백 점 만점이었지."

"그래."

마치 남 일처럼 미츠루기는 고개를 끄덕였다.

"오늘 이렇게 날 부른 것도 날 괴롭히기 위한 거야?"

"으음……."

히무로는 두 손가락으로 턱을 세 번 쳤다. 그가 생각할 때의 습관이었다.

"그렇지만, 그게 아닌 기분이기도 해."

이로써 마지막이 될 테니 상관없을 것이라고, 히무로는 말했다.

"나는 당신을 동경하고 있거든."

남을 돕는 미츠루기와 남을 괴롭히는 히무로. 두 사람은 대극에 있다. 그렇게 느낀 히무로는 이웃집의 푸른 잔디를 부러워했다.

"출발점은 똑같았을 텐데. 다만 당신은 힘으로 남을 도왔고, 나는 힘으로 남을 괴롭혔다. 그게 다야. 일직선으로 나아가는 길이 달랐을 뿐이지."

엑센트릭 박스를 손에 넣은 시점도 장소도 다른 둘. 당연히 넘겨준 요소의 수도 다르다.

하지만 확실히 둘 다, 처음에는 누군가를 위해 힘을 썼다.

"나는 동경했어. 나와 똑같은 희생물의 존재를 알고 놀랐고, 그녀석이 나와는 다른 식으로 망가져 가고 있어서 친근감이 샘솟았지. 친화성 있는 히어로 말이야."

"현대풍이네."

"현대풍이지."

일소한다.

"당신의 삶은 아마 내가 목표로 했던…… 하지만 이루지 못한 삶이었어. 그러니까 최소한 가까이서 그 영향이라도 받으면 좋겠다 싶었지."

그렇게 해서 우연히 두 사람은 재회했고, 그 장벽이 드러났다.

"하지만 당신은 불완전한 히어로였어. 남을 돕는 걸 자기만족이라고 했지. 그건 뭐, 잘 생각해보면 인식 차이일 뿐이야. 결과적으로는 남을 돕는 거니까 그거면 돼."

히무로가 용납할 수 없었던 건 미츠루기의 근본적인 부분이었다.

"악을 날뛰게 두는 것── 그것만은 문제야. 행동으로서도 악을 단죄하지 않고, 사고방식도 악을 허용하고 있어. 그런 건 내가 바란 히어로가 아니야."

"나는 처음부터 그렇게 자칭한 기억이 없는데."

"자칭하고 말고는 상관없어. 당신은 미츠루기 노오토야. 부모님을 지키기 위해 악을 쓰러뜨리고, 부모님에게 버림받은 고독한 히어로지."

그런 설정이었다.

"나는 당신이 그런 히어로였으면 해. 앞으로도 쭉. 예고장을 보내 이리로 부른 건, 그런 이유도 있어."

"그렇군."

걸리적거리고 딱한 이야기라고 미츠루기는 생각한다.

왜냐하면, 히무로의 소원은 아무것도 이뤄지지 않을 테니까.

"묻고 싶은 건 그게 다야."

"그래."

"이제 밝혀 두는 것만 남았어."

"밝혀 두는 것?"

"그래. 논리정연하지 않으면 나중에 기분 나쁘잖아?"

무슨 뜻인지 몰랐던 히무로는 말을 기다린다.

"뭐, 그냥 남은 의문을 깨끗이 풀겠단 거야."

미츠루기는 말한다. 히무로가 남긴 모순에 대해.

"나는 어제까지 남을 돕고 싶다고 생각했어. 그런데 최대한 사람을 만나지 않도록, 집 안이나 방파제 위에서 대부분의 시간을 보냈지. 그 이유 말인데."

"아──."

"나는 그냥 파도 소리가 좋았어."

"……그게 다야?"

"그래. 방파제였던 이유는 말이지. 나머진 남과 같아. 그곳은 통행인이 적어. 그곳에 있으면 사람을 만나지 않아도 돼. 그러니까 나는 낮에 매일 거기 있었어. 밤에는 마시로가 자주 집에 찾아오니까 집으로 갔지만."

남을 돕고 싶어 하면서 미츠루기는 남을 만나려 하지 않았다.

즉 모순이다. 미츠루기 안에서 이미 해소된 모순. 그 모순의 답을 공유한다.

"무의식중에 마시로를 도움의 대상에서 제외했던 것처럼, 나는 무의식적인 면에서는 남을 돕고 나의 요소를 넘기는 걸 꺼렸던 걸지도 몰라."

모두 같은 가치로서. 마시로에게든 다른 누군가에게든. 실은 힘을 쓰고 싶지 않았던 걸지도 모른다. 남을 만나고 곤란해하는 모습을 보면 도울 수밖에 없으니까, 남을 만나려 하지 않았겠지.

그렇게 결론을 내리고.

"하지만 이미, 지금은 그 모순도 없어."

미츠루기는 시원스러운 얼굴로 말했다.

"지금의 나는 정말 그냥 죽기 위해서 살고 있거든."

뼈 있는 말에 순간적으로 주춤하는 히무로다.

그러나 오늘은 물러서지 않는다.

히무로는 이곳에 어떤 각오를 하고 서 있다.

"나는 당신을 죽게 하지 않을 거야. 그리고 당신은 내가 그리는 히어로가 되는 거고."

히무로는 계획을 개시했다.

"어제 사건으로 미츠루기 노오토…… 당신의 가치 기준은 무너졌어. 자신에게 최소 가치를 둘 수 없게 된 당신은 자기 소원을 이루기 위해 마시로 세츠미에게 힘을 행사했어. 남을 돕고 싶어서가 아니라, 자신의 정의를 관철하기 위해 힘을 썼지. 즉, 이미 당신은 남을 돕고 싶다는 욕구를 채우기 위해 악을 방치하는 인간이 아니라는 거야."

"……그건, 글쎄다."

"당신은 이미 정의로운 사람이야. 그러니까 이제 그 정의를 교정하면 돼. 전례를 만들어 두면 돼."

손 위에서 춤추고 있던 엑센트릭 박스가 우뚝 멈췄다.

"악을 폐절할 수 없게 된 당신에게 기회를 줄게. 그로써 한 번 더, 권선징악의 히어로를 완성할 거야!"

여기서라면 아무리 웃더라도 어머니에게 혼날 일이 없다. 그리고 그런 꼴불견 같은 일은 앞으로도 벌어지지 않겠지.

"……당신의 소중한 게 뭐일 거 같아?"

"글쎄?"

"두 인간이야."

"둘?"

조금 놀란다. 히무로가 한 사람만 들 것이라고 미츠루기는 생각하고 있었다.

"하나는 당신을 이 세계에서 유일하게 기억하는 인간. 그리고 나머지 하나는…… 당신을 사랑해 준 여자."

"그래……."

누구를 가리키는 말인지는 바로 이해했다.

"이거 알아? 인간이란 상대가 자신을 소중히 여기지 않는다고 해서 그 상대를 소중히 여기지 않게 되진 않거든?"

히무로는 말한다. 희희낙락.

"아무리 차갑게 대해도 당신은 그 여자를 잊을 수 없어. 잊더라도 잊을 수 있을 리가 없다고. 그러니까 여기서 당신에게 부자유로운 두 가지 선택이 찾아들어. 누굴 살리고 누굴 죽일 것인가."

히무로는 말한다. 희희낙락.

"목숨의 취사선택. 그러면 당신도 악에 무관심해질 수 없겠지. 그러니까 여기가 분기점이야. 내가, 당신이 변할 포인트가 되어 줄게."

날카로운 미소. 퇴폐적인 잠깐의 탈진.

그리고 마침내, 히무로는 푸른 하늘 높이 엑센트릭 박스를 던졌다.

"내 소원을 들어줘! 엑센트릭 박스!!"

구형의 태양과 네모난 현상이 맞물려 섬광이 세상을 감쌌다.

잠깐의 일식을 마치고 입방체는 인간형으로 전개한다. 팔이 생기고 다리가 뻗어나고 목 위로 얼굴이 생긴다. 물빛 머리카락 끝부분이 가냘픈 어깨 위에서 튀어 올랐으며, 아래를 바라보는 하늘색 눈동자는 우울하게 흐려졌다.

　스크램블과 마찬가지로 복장은 일곱 가지 이상의 색으로 빛났고, 옷 속에 암흑을 품은 소녀가 공중에 떠 있었다.

　"대가는 슬픔인데요?"

　"그래. 그건 이제 나한테 필요 없는 것이야."

　즉단, 그리고 즉결.

　"대가를 더 요구해."

　"알겠습니다. 추가되는 대가는 폭면인데요?"

　"그래. 그거면 돼."

　지금의 히무로에게 못 버릴 것은 없다.

　"……알겠습니다."

　이름 없는 상자가 내려온다. 울적한 인상의 소녀를 흉내 내는. 높은 힐이 따각 소리를 내며 옥상 지면을 때렸다.

　"……이 악물어."

　"그럴 필요 없어요."

　히무로의 오른쪽 주먹이 소녀의 복부에 꽂혔다.

　"으윽……."

　짤막하게 새어 나오는 허덕임.

　히무로는 주먹을 뗄 때까지 쭉 그녀를 안고 있었다.

　그리고 희생물의 눈이 밤색에서 보랏빛으로 바뀐다.

2단식 『카미시로』의 준비는 끝났다.

두 가지 대가를 치른 히무로 나츠메는 2분간 현상이 된다.

"자, 구하는 것과 놓치는 것의 수를 헤아려 보자고."

안쪽으로 향한 왼쪽 손을 머리 위로 치켜든다.

그 모습은 꼭 기도하는 듯했다.

2초. 바람의 마찰이 들려오는 정적이다.

——따악.

히무로의 손가락이 소리를 냈다.

마법에 주문은 필요 없었다.

옥상 정중앙에 나타난 두 개의 굵은 통나무. 푸른 하늘로 나이테를 보이며 시멘트에 박힌 통나무에는 각각 빨간색과 파란색 밧줄이 감겨 있었다.

밧줄은 북쪽과 남쪽으로 높게, 높게 뻗어 있어서 옥상 난간을 훌쩍 뛰어넘어 공중에 뜬 삼각형의 연과 이어져 있었다.

태양 빛을 가로막는 거대한 전통식 종이로 된 연에는 두 여자가 제물처럼 밧줄로 묶여 있었다.

상공 50m. 마시로 세츠미와 유나기 아리스가 하늘과 바다와 거리 정중앙에 노출되어 있었다.

라쿠지츠 스트리트로 떠오른 태양이 서쪽 바다에 삼각형 모양의 그림자를 새긴다.

탁, 하고. 한쪽 통나무를 스니커로 밟으며 히무로는 어느새 짊어진 커다란 금색 도끼를 과시해 보이며 말했다.

"선택해 봐. 적과 청, 내가 대체 어느 쪽 밧줄을 자르면 되는지."

붉은 밧줄에는 마시로가 묶여 있었다.

마시로는 생각한다.

대체 뭘 어떻게 잘못해야 횡단보도를 건너 하늘에 도착하는지.

학교에서 지정한 플레어스커트가 바람에 걷혔고 황급히 안을 감춘다.

"휘익——!"

히무로가 고의인 양 휘파람을 불었다.

"뭐, 뭐야?! 이게!"

마시로는 옥상에 있는 네 사람을 본다. 그곳에는 낯익은 얼굴이 둘 있다.

"저, 저기! 당신들이 절 납치한 건가요?! 이런 곳에 묶어두고 뭘 어쩌려고요?!"

"자, 진정해. 소녀. 헥토파스칼처럼 귀가 따가우니까."

완전히 패닉에 빠져 몸을 비트는 마시로에 비해, 파란 밧줄에 묶인 유나기는 매우 냉정했다.

"그나저나 눈부시다. 참 나, 이렇게 맑아서야……. 부끄러운 줄도 모르는 태양일세. 아침에는 잠을 자야 하는데."

눈을 가늘게 내리뜨면서 흠흠, 하고 시선을 먼 산들이나 바다, 아래로 펼쳐진 거리로 보내다가 마지막에는 낯익은 두 얼굴을 확인한다.

유나기는 초췌함이 드러나는 얼굴로 씨익 웃었다.

"즉 우리는 인질, 이라는 건가?"

"그, 그래. 그런 거지."

빠르게 받아들이는 모습에 약간 주눅 들면서 히무로는 그것을 드러나지조차 않도록 굴었다.

"지금부터 너희 둘은 선택받는 거야. 여기 있는 남자—— 미츠루기 노오토에 의해. 어느 쪽을 구하고, 어느 쪽을 버릴지."

"왜, 왜 내가 그런 일에 말려들어야 하는데?! 구한다느니, 버린다느니…… 버려? 어……? 버린다는 게 무슨——."

"그야 버림받으면 저세상으로 가서 보여주게 되지 않을까. 새빨갛게 갈라진 머리에서 나온 이것저것을. 후후훗."

유나기는 완전히 사태를 이해한 듯했다. 그런데다 잠긴 목소리로 즐겁게 웃고 있다.

"무, 무슨! 왜 나인데?! 나는 아무 상관도 없는데! 아무것도 모르는 사람이 왜 내 인생을 정하게 둬야 하냐고!"

"당신들에게는 그만한 가치가 있으니까."

"후후훗. 그래, 그래. 참 나, 이거 어마어마한 일에 끌어들였네, 이웃 군."

유나기가 웃고, 마시로는 혼란스러워하고, 히무로가 자리를 바로잡았다.

"제한 시간은 1분이야. 이미 꽤 시간이 흘렀지만. 시간이 되면 나의 엑센트릭 박스가 알려주겠지. 그전까지 답을 정해."

히무로는 금색 도끼를 지팡이 대신 짚으며 몸을 기댄다.

도끼 바로 옆에 자신을 묶은 밧줄이 보여, 마시로는 간담이 서늘했다.

"하긴, 선택지는 하나 더 있어. 그리고 이게 가장 평화롭고 올바른 선택이지."

사태는 히무로가 원하는 대로 흘러가고 있었다.

"내가 이 도끼를 휘두르기 전에 먼저 나를 배제하면 돼……, 하하. 배제라는 말로는 전해지지 않을 수도 있겠네. 그럼 다르게 표현하지."

우두커니 서 있는 미츠루기에게 구원의 길을 제시한다.

매우 도빌적인 말투로, 가시밭길을 가리킨다.

"————나를 죽여. 미츠루기 노오토."

히무로는 원한다, 본인의 죽음을. 그럼으로써 완성될 히어로의 탄생을.

어제까지의 미츠루기는 악에 무관심했다. 그뿐만 아니라 일정한 수의 악행을 필요로 하기까지 했다.

악을 용인하는 행위를, 히무로가 동경하는 히어로는 하지 않는다.

그래서 미츠루기를 몰아붙였다. 몰아붙이고, 도망칠 길을 차단하고, 히무로 나츠메라는 악을 처단해야 하게끔 했다.

미츠루기 노오토는 히무로 나츠메를 죽일 수밖에 없다.

왜냐하면 그러지 않으면 소중한 것을 계속 빼앗길 테니까.

그리고 히무로를 죽였을 때, 히무로가 동경한 정의의 히어로 —— 권선징악의 미츠루기 노오토가 완성된다.

바닥을 헛디뎌 끝없는 어둠에 빠져들 듯. 남을 구하는 데 망설임이 없는 미츠루기는 동시에 악을 배제하는 데도 망설임이 없다.

미츠루기 노오토의 가치 기준은 이미 망가져 있다. 커다란 악은 무너뜨리고 작은 악은 능숙하게 넘기는 짓은 할 수 없다.

그래서 계기만 있으면 됐다.

그리고 그 계기에—— 제거당해야 할 최초의 악이 자신이 된다는 것에 히무로는 아무런 주저가 없다.

그 역시 맨 처음 엑센트릭 박스의 힘을 썼을 때부터 계속 망가져 가고 있다.

그런 그를, 그의 엑센트릭 박스는 뒤에서 울적하게 바라보고 있다.

"후후홋. 소년. 영문은 모르겠지만, 어지간히 죽으려고 안달이네. 인생에 절망이라도 한 거야?"

"시끄러워. 인질은 그냥 닥치고 있어."

"그러지 말고 떠들게 해줘. 20년 가까이 살면서, 이 누나는 이렇게 유쾌한 적이 없었거든."

깊은 다크서클 아래 홍조를 띤 유나기는 바로 아래 있는 땅을 보며 황홀해했다.

"유쾌? 난 허세 같은 게 통하는 차원의 인간이 아니거든."

"허세? 아니, 아니. 소년. 나는 정말 감사하고 있어. 고마워, 소년."

고양되어 날카로워진 목소리로 유나기는 말했다.

"덕분에 내 꿈이 이뤄질 거야."

유명해질 노력을 하지 않아도 돼. 마음에 들지 않는 그림을 더는 그리지 않아도 돼.

너른 하늘에서 삶의 속박을 벗어난 유나기는 날개를 펼친 새보다 더 자유로웠다.

"……꿈?"

"아아, 그래!"

유나기의 꿈은 궁극의 자기표현이었다.

어떤 기법을 다 쓰더라도 그것은 당해낼 수 없었다.

하지만 유명해지면 그것은 이뤄질 일이었다. 자신에게 주목이 쏠리면 그것은 자연스레 이뤄질 것이었다.

지금까지 아무도 유나기를 보려 하지 않았다.

인생관과 직결하는 유나기의 감성은 평범한 사람이 보기에는 독이었고, 도저히 이해가 미치지 않는 곳에 있었으니까.

유나기 아리스는 고독했다.

그러니까 유명해져서 자신이라는 존재를 내키지 않더라도 눈에 들어오는 인간으로 만드는 수밖에 없었다.

그러나 이곳에는 5명이 있다. 자신을 이해하기 시작한 이웃이 있다.

그렇다면 예술은 남는다. 유나기 아리스라는 존재를 최대한 퍼포먼스로 표현할 수 있다.

「상대에게 영원을 남겨주는 건 아마, 꽤 기분 좋은 일이거든.」

유나기는 누군가의 어딘가에, 영원한 자신을 새겨보고 싶었다. 그걸 위해 그림을 그리고, 그걸 위해 살고 있었다.

하지만 이제 그럴 필요는 없다.

지금 여기서 그녀는 꿈을 이룬다.

꿈을 위해 목숨을 버리고, 영원에 이르는 최고의 자기표현을 달성하는 것이다.

"──자, 이웃 군. 그녀를 구해. 그리고 나를 버리는 거야! 그런 다음 아스팔트를 똑똑히 지켜봐 줘. 거기…… 내가 있을 테니까!!"

유나기 아리스가 품은 이상── 궁극의 자기표현──, 그것은 관측자에게 필요한 죽음.

유명해진 다음 어딘가의 회견장에 등장해, 관중의 눈앞에서 동맥을 좍 그어 버릴 생각이었던 유나기다. 하지만 자기 손을 더럽히지 않더라도 죽음은 눈앞까지 다가와 있었다.

──유나기 아리스가 품은 소원은 성취가 눈앞까지 와 있었다.

"다, 당신은! 죽음이 무섭지 않다는 거야?!"

"무서워? 그런 감정은 첫사랑보다 더 일찍 버렸어."

붉은 밧줄에는 당연하다는 듯 죽음을 기피하는 소녀가.

푸른 밧줄에는 당연하다는 듯 죽음을 맞아들이는 망가진 여자가.

처음부터 상공의 천칭은 기능하고 있지 않았다.

"……우, 웃기지 마!"

히무로의 계획이 틀어졌다.

"엑센트릭 박스를 가진 녀석 말고는 누가 죽고 싶다는 생각을 한다고!"

"시끄러워. 그런 게 있든 없든, 인간은 크게 다를 게 없어. 죽고 싶은 녀석은 죽고 싶은 거고, 반대도 그렇지 않을까?"

"엑센트릭 박스를 가지지 않은 당신이 뭘 안다고! 비뚤어질 수밖에 없었던 인간의 마음을 알겠어!"

"그래, 모르지. 나는 나 좋을 대로 사는 데다, 죽기 직전——, 순간——, 직후——, 거기서 영원을 발견했을 뿐이니까. 지금 이건 우연히 이해가 일치한 것에 불과해. 아니, 이럴 경우 불일치인가."

히무로에게서 핏기가 가신다. 목숨을 걸어가며 변통한 작전이 무너져 내린다.

최악의 악당으로서 화려하게 사라지기 위해 마련한 무대가, 유나기 아리스라는 조역에 의해 토대부터 해체되어 간다.

"말도 안 돼……. 이래서는 작전이……!"

쇠퇴해 가는 위세를 지키려고 떠멘 금색 도끼는 너무 무거웠고, 실로 당기는 것처럼 히무로는 자꾸만 비틀거렸다.

보다 못한 히무로의 엑센트릭 박스와 미츠루기가 동시에 한숨을 내쉰다.

미지근한 그 숨에 담긴 마음에는 그러나 절망적인 차이가 있었다.

"……진정해, 히무로."

감정을 드러내지 않는 미츠루기의 낮은 목소리가 히무로의 우스꽝스러운 댄스를 멎게 했다.

"너에게는 아직, 네가 우위를 차지할 수 있는 대사가 남아 있을 텐데."

사태는 미츠루기의 생각대로 전개되고 있었다.

"……아, 그래. 그랬지."

히무로는 그 사실을 모른다. 보다 큰 어둠 위에서 자신이 계속해서 놀아나고 있다는 것을 모른다.

"만약 여기서 나를 놓아주면 미츠루기 노오토……, 당신은 쭉 이렇게 나에게 소중한 인연을 계속 빼앗기게 되겠지. 그 연쇄를 끊으려면 역시 나를 죽이는 수밖에 없어!"

그것은 히무로가 계획의 근간에 둔 구도다.

자신과 미츠루기—— 극을 이루는 두 존재는 어느 한쪽을 말살하지 않는 한, 영원히 격전을 벌여야 하는 음의 연쇄다.

애초에 그 사고방식부터가 잘못되었다는 걸, 히무로는 아직 알 수 없었다.

"이봐, 소년. 그럴 경우에도 나는 잊지 말고 죽여줘. 그리고 지켜봐 줄 거지?"

"아아, 정말! 당신은 좀 조용히 해!"

"어떻게 조용히 있겠어. 내 인생이 걸린 문제인데. 그렇지? 소녀."

유나기는 옥상의 면적만큼 떨어져 있는 마시로에게 말을 던졌다.

"저, 저는, 몰라요……."

"아아, 그래."

아쉽다는 듯 한숨을 내쉰다.

"그런데 소녀. 너는 설마 저 녀석을 기억 못 해?"

이마에 그림자를 드리운 채 우두커니 서 있는 미츠루기를 턱짓으로 가리킨다.

"……네. 오늘 처음 만났어요."

"아아, 그래."

아쉽다는 듯 한숨을 내쉰다.

"……하지만."

"하지만?"

"……모르겠어요. 모르겠는데…….."

이를 딱딱거리며 이 상황을 두려워하는 동시에 공포 이외의 이유로 쭉 두근거리는 가슴을 억누르며, 마시로는 마음을 쥐어짜냈다.

"왠지, 이 상황은 참을 수 없이 무서운데 저 사람에게 제가 소중한 사람이라는 말에, 영문을 모르겠는데……. 마음 한편으로, 굉장히 기뻐하고 있어요. 그게 또 무서워서……!"

"……후후훗. 그래, 그래."

유나기는 웃었다. 죄 많은 남자가 다 있다고. 자신의 죽음을 가까이 매어두면서.

"이웃 군. 새로 시작하도록 해. 너는 아직 새로 시작할 수 있어."

유나기는 웃었다. 아주 약간의 미련을 깨끗하게 포기하고.

"이웃 씨."

——하고 미츠루기는 그녀 쪽을 올려다보며 입을 열었다.

그 얼굴은 매우 상쾌했고. 아무런 망설임이나 갈등도 품고 있지 않았다. 뻔뻔스레 올라간 입꼬리에서는 구역질을 유도할 만큼 후련한 불쾌감이 배어나 있었다.

"그 말, 그대로 돌려드릴게요."

여기까지의 상황은 대강, 어젯밤에 예상한 대로 됐다.

미츠루기는 남의 마음은 조금도 몰랐지만. 망가진 것의 행동 원리는 우스울 정도로 정확히 상상할 수 있었다.

그러니까 그는 완전히 망가진 일그러진 미소를 띤 것이었다.

허무하게 예상한 결말을 곱씹으며.

"……자, 그럼."

계속 다리에 매달려 있던 스크램블의 머리를 가볍게 쓰다듬는다.

그 너무나도 다정한 몸짓에 스크램블은 움찔하고 굳어 버렸다.

"1분이에요."

히무로의 엑센트릭 박스가 미츠루기에게 주어진 타임 리밋을 고한다.

망가진 물건은 진심으로 웃으며, 마지막 답을 입에 담았다.

"————자, 나를 죽여. 스크램블."

완전히 망가진 희생물은 모순된 완전 소거에 나섰다.

◆

히무로의 편지를 읽은 시점에서 무대에 유나기를 끌어들일 것을 예상했다. 그것을 미끼로 히무로가 무엇을 꾀하고 있는지도.

예상외였던 것은 마시로의 등장이다. 완전히 예상하지 못한 것은 히무로가 요구하는 내용이었다.

후자에 관해서는 내용을 모르더라도, 요구하는 방법만 알면 대처할 방법은 있었다. 그리고 그것이야말로 가장 단순하며, 가장 빠른 소실법이었다.

여기서 미츠루기가 『카미시로』의 힘을 써 자해하면 유나기나 마시로나 미츠루기를 잊고 살게 된다. 엑센트릭 박스의 끼워 맞추기에 의해.

히무로는 처음부터 계획의 기믹으로밖에 생각하지 않았다. 빠르건 늦건. 언젠가 히무로 역시 자신과 같은 길을 가겠지.

같은 희생물로서 그렇게 확신했기에 파멸이 예정된 존재를 걱정할 필요 따위는 없었다.

만사는 미츠루기의 손바닥 위에서 굴러갔다.

그리고 그것도 여기서 끝이다. 완벽한 계획은 마지막으로 단 한 사람의 소원을 들어주며 판타지를 집약시킬 것이다.

미츠루기는 자신의 소원을 이루기 위해, 자신만을 위해 힘을 쓴다.

미츠루기 노오토는 미츠루기 노오토를 세상에서 지우고자 했다.

"――――자, 나를 죽여. 스크램블."

절대 영도의 목소리로 비정한 명령을 내렸다.

"……윽."

무력 이상으로 악질인 자신의 존재를 저주하듯, 스크램블은 입술을 깨물었다.

엑센트릭 박스는 요소를 대가로 힘을 제공한다.

그녀는 한 번 그런 관계를 끊으려 했다.

하지만 이번에는, 스크램블은 미츠루기를 거스를 수 없다.

처음이 결국 그랬던 것처럼. 스크램블이 명령을 거부하고 버티면, 미츠루기는 강제로라도 자신을 따르게 하려고 할 것이다.

예를 들면 어제, 스크램블에게 가차 없는 폭력을 가했던 것처럼. 그 폭력을 마시로에게도 행사하려고 했던 것처럼.

지금의 미츠루기는 이 상황을 이용할 생각이다.

실질적으로 마시로와 유나기를 인질로 삼은 것은 히무로가 아니다. 미츠루기지.

이대로 가다가는 히무로는 마시로나 유나기——, 둘 중 하나를 죽일 것이다. 그리고 그걸 막을 수 있는 것은 미츠루기뿐.

이 자리에서 가장 강한 지배력을 가진 것은 미츠루기였다.

그런 미츠루기가 스크램블에게 말하고 있는 것이다.

'여기 있는 사람을 내 손으로 몰살시키기 전에 네가 나를 죽여.' 라고.

미츠루기는 마시로나 유나기를 소중히 생각하지 않는다. 누구도 소중히 여기지 않는다. 그것은 마시로를 재우라는 명령을 했을 때부터 그랬다.

어쩌면 그때, 미츠루기의 가치관과 삶은 결정지어져 버린 것이다.

그리고 그때, 스크램블은 미츠루기가 마시로를 잃지 않았으면 했다. 그 마음은 전해지지 않았지만, 지금도 마음 자체는 달라지지 않았다.

미츠루기가 어떻게 생각하든 스크램블에게 마시로는 여전히 미츠루기의 소중한 사람이다. 유나기도 마찬가지고. 두 사람은 미츠루기에게, 이제 얼마 남지 않은 인연이니까.

미츠루기가 어떻게 생각하건, 두 사람은 미츠루기를 소중히 여기고 있으니까. 그럴 테니까. 자신과 마찬가지로.

그러니까 어느 쪽도 택할 수 없다. 미츠루기를 생각하기에, 어느 한쪽을 그가 잃기도 바라지 않는다

애정이, 스크램블을 칭칭 얽어맨다.

그런 가시투성이 구속에서 빠져나올 방법은 하나.

어제, 결국 그랬던 것처럼.

결국 스크램블에게는 미츠루기의 소원을 들어주기 위해 그의 명령을 따르는 것 말고 다른 선택지는 남아 있지 않았다.

누굴 버리더라도 미츠루기가 불행해지는 이 상황에서, 미츠루기의 소원을 들어주는 것만이 미츠루기를 행복하게 할 방법이었다.

『엑센트릭 박스의 힘으로, 미츠루기 노오토를 위해 미츠루기 노오토를 죽인다.』

미츠루기가 죽으면, 적어도 그것을 바라는 미츠루기만은 행복해질 수 있다.

"……뭐, 라고……?!"

히무로의 계획은 이미 엉망진창이었다.

"……왜, 그렇게 되는데……?!"

금색 도끼가 댕그랑 하고 아주 묵직한 소리를 내며 지면을 굴렀다.

"여기서 당신이 죽으면 어떻게 되는데?!"

"모순이 사라져."

"모순이 뭔데?!"

"우리 그 자체."

미츠루기의 결심은 흔들리지 않는다.

흔들릴 만한 마음의 부피가 그에게는 남아 있지 않다.

"기억해둬. 그리고 만약 가능하다면 나하고는 다른 결론에 이르도록 해."

인간으로서 12년. 그리고 3년을 희생물로 살아보며 미츠루기는 깨달았다.

"엑센트릭 박스니 희생물이니. 그런 판타지는 결국 누군가를 망가뜨려. 아무리 상황을 끼워 맞추더라도 어디선가 반드시 균열이 발생하니까. 우리라는 현상이 계속 존재하는 한."

이게 미츠루기 노오토가 도달한 결론.

"우리는 가급적 일찍 사라져야 해. 최소한 남의 현실은 망가뜨리지 않도록."

그게 미츠루기 노오토가 도달한 결론.

"히무로. 너도 죽고 싶으면 누군가를 이유로 삼지 말고 혼자 알아서 죽어. 뒤탈이 없도록. 그게 옳아."

나불나불, 책장을 넘기며 음독하는 듯한 대사에 체온은 없었고 말하는 표정은 이미 웃고 있는지 화를 내는 건지, 기뻐하는 건지 슬퍼하는 건지 아무도 알 수 없었다.

아무것도 느끼지 못한 채, 미츠루기 노오토는 무의 심연 그 자체가 되어 갔다.

"……1분, 이에요…….."

히무로 뒤에서 다시 시간을 고한 엑센트릭 박스의 목소리는 떨리고 있었다. 분노와 울적함, 슬픔 같은 것에 좀먹혀.

"…………죽고 싶을 리가, 없잖아요."

울적한 표정을 지은 채로 감정이 무언지도 모른 채로, 엑센트릭 박스는 자신의 안쪽에서 북받치는 '무언가'에 몸부림쳤다. 작은 주먹을 움켜쥐고 하늘색 눈동자로 미츠루기를 노려봤다.

마치 자신이 정의의 궁극이라는 것처럼 떠드는 희생물에게 적의 같은 것을 보이면서, 동시에 강자가 내세우는 그 정의에 마음을 유린당하려 하는 희생물을 가엾어하는 눈길로 감쌌다.

"히무로 님은…… 이 사람은, 당신에게 자신을 겹쳐봤어요. 되고 싶어도 될 수 없었던 자신을 봤던 거예요. 그야 물론 사실 이상으로 미화해서요. 하지만 그렇게 미화한 망상을 현실로 만들고 싶어서…….., 조금이라도 정의롭고 싶어서…….., 죽음 끝에서 희망을 발견하고 죽음을 택하려고 한 거잖아요……!"

감정이 빈약한 엑센트릭 박스의 목소리가 막힌다.

눈물 한 방울 흘리지 않고 조금의 분노도 드러내지 않고, 떨 수밖에 없는 엑센트릭 박스를 눈앞에 두고.

"……아……, 윽…….."

스크램블의 마음이 흔들렸다.

금색으로 빛나는 트윈테일. 쫀득쫀득하고 동그란 뺨. 일곱 가지 이상의 색으로 물든 파카와 피시테일 스커트. 초등학생 한 명분인, 그런 상자.

그런 아주 살짝 감정이 풍부한 상자가 괴로움을 괴로움으로 판별하지 못한 채로 몸부림치는 상자를 대신에 눈물을 흘렸다.

옥처럼 큼직한 금색 눈을 적시며, 스크램블은 장난감 같은 코를 훌쩍이면서 울었다. 목구멍에서 북받치는 목소리를 그대로 쏟아내며 울었다.

"……와아아앙!! 우와아아아아아아앙!!"

투명한 눈물이 태양 빛을 반사하면서 떨어지고는 튕겨 나간다.

마치 한 방울 한 방울이 소녀의 산산이 갈라진 마음의 원천인 듯했다.

큼직한 눈물방울은 끊이질 않는다.

뚝뚝. 뚝뚝.

공룡 울음 같은 우는 소리와 함께 계속 흘러나왔다.

"……어째서……, 당신이 우는 거야?"

스크램블은 답할 수 없다.

얼마 안 되는 이성이나 자제심은 틀을 벗어났고, 생각하는 바가 그대로 맥락 없는 말이 된다.

"미안해애애애!!"

스크램블은 사과했다. 진심으로 사과했다.

"태어나서, 미안해애애애애애애!!"

살아 있는 것을.
존재하는 것을.
영향을 미치는 것을.
자신이 엑센트릭 박스라는 것을.
작은 소녀는 큰 소리로 사과했다.
미워할 수 없는 상대이기에 일심동체인 상대이기에, 쭉 '사라져야 한다'라는 말을 반복하면서도 어째서인지 계속 이 세계에 남아 있는 자신을 저주하면서 소녀는 울었다.
"살아 있어서……, 히끅……, 미안, 해……, 윽!! 미안, 해……!"
그녀의 눈물은 이 자리에 있는 그 누구의 감정보다 더 순수했고, 누구의 마음보다 더 아름다웠다.
그리고 마음을 가진 사람의 모든 속내를 뒤흔들었다.
미츠루기의 뺨 위로 하나의 물방울이 흘러내렸다.
바람에 실려 온 마시로의 눈물이었다.
감정은 이해를 넘어 전염되었고, 마시로 세츠미는 영문도 모른 채로 북받치는 감정을 그대로 처진 눈꼬리로 쏟아냈다.
그 순간,
"윽……!"
미츠루기의 존재하지 않는 마음이, 삐걱거릴 용량조차 없을 마음이 삐걱거렸다.
미츠루기에게는 스크램블의 눈물이 마치 잃어버린 자신의 요소가 우는 것 같아 보였다.

분열된 또 하나의 자신이 눈물을 흘리는 것 같아 보였다.

심장을 누르고 흐트러진 호흡을 통제하며, 갑자기 무거워진 몸으로 말을 자아낸다.

"그 괴로움도…… 이제 곧 끝날 거야. 너는, 시시한 갈등에서 해방되는 거야……!"

거짓말이었다.

히무로와 마찬가지로, 미츠루기는 스크램블을 단순한 현상으로만 보았다.

미츠루기 노오토라는 모순을 세상에서 지우고, 흔히 말하는 올바른 상태로 돌아간들.

──그곳에 스크램블이 있을 곳은 없다.

"그러니까, 얼른……!"

누구의 영웅도 아닌 고집쟁이 소년은 마치 도움을 청하는 것처럼 소녀에게 명령했다.

"……얼른 나를 죽여줘!"

미츠루기 노오토의 완벽했을 계획은 그의 삐걱거리는 마음과 연동해 엉망으로 망가지려 하고 있었다.

그리고.

"────후후훗."

상공 50m. 버둥거리는 것 정도가 고작인 밧줄에 묶여.

──유나기 아리스는 세계를 우습게 보는 듯이 웃었다.

"정말 바보 같긴. 내가 죽겠다는데, 왜 이웃 군이 죽겠다는 전개가 되는 거야?"

상당히 작아 보일 인간들을 바라보며 웃었다.

"이거 원. 후훗. 뭐, 그런 거라면 나도 미련을 해소하도록 할게."

그렇게 웃은 유나기는 소리 내어 우는 소녀에게 들리도록, 그렇게 싫어하는 큰소리로 외쳤다.

"이봐──, 꼬맹이! 내 밧줄을 잘라 버려!"

스크램블이 북쪽 하늘을 올려다본다.

새빨간 머리카락을 바람에 흩날리면서, 유나기가 초췌한 얼굴로 불쾌하게 침을 집어삼켰다.

"뭐든 할 수 있는 거지? 그럼 이 밧줄을 잘라서 나를 도와! 자유롭게 해줘! 아까부터 창이니 방패니 하는 그 이웃 군에게 브레이크 스루라는 말을 가르쳐 줄 테니까."

과호흡에 시달리는 미츠루기가 스크램블의 팔을 붙든다. 움켜쥔다. 미성숙한 뼈가 부러질 만큼 세게. 죽기 전까지는 결코 놓지 않겠다고, 살기등등한 표정으로.

"……한 번 더 말할게. 나를 죽여 줘, 스크램블. 그거면 다 잘될 거야……, 전부!"

"이웃 군의 소원은 실컷 들어줬잖아? 이런 짓 저런 짓 다 해놓고. 그럼 내 소원도 하나쯤 들어줘. 꼬맹아!"

옆쪽과 위 사이에 끼어.

스크램블은 소리 내어 울면서 난감해했고, 사과하는 듯한 음성으로 유나기에게 말했다.

"들어줄 수 있는 건 노오토의 소원뿐이야──!"

"그건 으음, 뭐랬지? 엑어쩌고 하는 박스로서 말이지?"

"으, 응."

"나는 그런 기억하기 힘든 것한테 부탁하는 게 아니야. 꼬맹아! 너한테 말하는 거지."

엑센트릭 박스의 규칙 따위는 상관없다.

『카미시로』라는 판타지에도 볼일은 없다.

엑센트릭 박스라는 한 사람의, 평범한 소녀에게 답을 요구하는 것이었다.

"……나, 한테?"

스크램블로서는 알 수 없다. 엑센트릭 박스로서의 역할을 내려 뒀을 때 남는 '자신'에 대해.

지금까지 아무도 개인으로 대한 적이 없었으니까.

자신은 단순한 현장이며, 없는 것이 나은 존재이며, 한 사람이 아닌 한 개다.

……모르겠다. 자신이라는 존재를 알 수 없는 스크램블은 쩔쩔 매었다.

"나 말이야……?"

"그래, 거기서 시끄럽게 울어대는, 내가 싫어하는 성장 단계에 있는── 꼬맹이. 너 말이야."

평소 커뮤니케이션에 에너지를 할애하지 않는 유나기의 목소리가 벌써부터 잠긴다. 그렇기에 여기서부터는 쥐어짜 냈다.

"인간이라는 건, 다들 에고이스트야. 그러니까 대가 없는 도움 같은 위선은 더할 나위 없이 불쾌하게 들린다고. 그러니까!"

갈라진 목소리는 그래도 똑바로, 스크램블에게로 전해졌다.

"꼬맹아! 너는 널 위해, 너 자신의 소원을 이뤄야 해. 남의 행복 따위 알 게 뭐야. 남이 행복해지더라도 너 자신은 조금도 만족하지 않잖아. 외톨이가 되는 길을 재촉할 뿐이야. 당연히 남는 것보다 남겨지는 게 더 괴롭겠지. 너는 그래도 괜찮겠어?"

미츠루기와는 쭉 만날 수 없다. 희생물을 잃은 자신은, 엑센트릭 박스로서도 인간으로서도 불완전한 채로 계속 존재할 것이다.

쭉 사라진 미츠루기를 생각하면서.

"…………시, 싫어!"

그런 건 죽어도 싫다. 견딜 수 없을 듯했다.

미츠루기가 없는 세상을 자신이 살아가는 미래를 상상할 수 없었다.

──왜냐하면 나는 노오토를 사랑하니까.

"그럼 다른 누구도 아닌── 자신을 위해 살아봐, 꼬맹아!"

"…………자신……, 자신……, 나…………."

"만약 그 방법을 모르겠다면 나를 도우면 돼. 나를 돕는다고 해서 저기서 기분 좋게 떠드는 이웃 군은 도울 수 있는 건 아니야. 하지만──── 꼬맹아. 너는 내가 도와줄게. 다른 사람도 아닌 나 자신을 위해."

결코 목숨 구걸이 아닌 바로 조금 전까지 죽음을 애타게 바라던 여자의 말이기에, 그것은 들을 만한 가치가 있었다.

"……이봐, 스크램블."

미츠루기의 손이 스크램블의 팔을 붙들었던 힘을 살짝 뺐다.

몸과 마음이 분열되어 있었다. 속으로는 스크램블을 결코 놓지 않겠다고 생각 중인데, 몸은 생각과 반대되는 움직임을 보였다.

마치 또 하나의 미츠루기 노오토가 도움을 청하는 듯했다.

"⋯⋯⋯⋯노오토⋯⋯⋯⋯."

계속 흘러내리던 스크램블의 눈물이 멎었다.

엑센트릭 박스의 제1 욕구는── 인간미를 얻기 위해, 계약한 희생물의 소원을 들어주는 것.

한 소녀로서의 소원은── 사랑한 사람이 살았으면 하는 것.

스크램블로서는 어떡해야 할지 알 수가 없었다.

이미 엑센트릭 박스의 존재 조건을 한 번 벗어나려 한 스크램블이라도, 결국 마지막에는 엑센트릭 박스로서 사명을 다할 것이다.

────그럴 터였다.

미츠루기는 그녀를 어디까지나 엑센트릭 박스로서 보고 있었다.

인간이 당연히 살고자 하는 것처럼, 엑센트릭 박스는 자신의 본능에 종사하는 것이라고.

결국 마지막에는 희생물인 자신에게 복종할 것이라고 미츠루기는 생각 중이었다. 그러길 바랐다.

"⋯⋯나⋯⋯, 나는⋯⋯."

스크램블은 미츠루기의 소원을 들어주고 싶었다.

────하지만, 그 이상으로 살았으면 했다.

행복해졌으면 했다.

더는 자신에게 요소 같은 걸 주지 않았으면 했다.

이 이상 불행해지지 않았으면 했다.

불행조차 느끼지 않았으면 했다.

하지만 무엇이 행복이고 무엇이 불행인지, 인간으로서든 엑센트릭 박스로서든 불완전한 스크램블로서는 알 수가 없었다.

——하지만. 만약, 허락된다면.

그게 무엇인지 알 때까지는. 역시 스크램블은 미츠루기가 살았으면 했다.

그 소원을 고집스레 이루고 싶었다. 누군가를 위해서가 아니라 자기 자신을 위해.

인간으로서 바라도 된다면. 상대의 사정이나 소원을 전부 무시하고 자기 멋대로 굴어도 된다면.

스크램블은—— 슬픈 결말이 예정된 이 상황을 바꾸고 싶었다.

스크램블은 이제, 울고 싶어졌다.

"나는…… 이런 건 역시, 싫어!!"

——2분이에요.

그런 선언과 동시에 사라진다. 금색의 도끼가. 두 개의 지주가. 붉고 파란 밧줄이. 상공의 커다란 연이.

사라진다. 처음부터 그곳에 아무것도 없었던 것처럼. 사라지고. 소실하고.

떨어져 간다. 구속하는 것을 잃고, 마시로와 유나기가 함께 50m 아래로 떨어져 간다.

마시로의 비명과 함께 스크램블은 미츠루기의 팔을 뿌리쳤다.

"에이이이이이잇——!!"

그리고 스크램블은 도약했다.

탄환보다 빠르게 옥상에서 점프해 마시로를 오른팔에 안는다.

"꺄악!"

그대로 제비보다 더 능숙하게 공중을 선회해, 곤두박질치는 유나기를 쫓았다.

트윈테일을 뒤통수로 넘겨 바람의 영향을 줄이고, 발밑의 중력을 박차 더욱 가속한다.

"와악!"

단단한 아스팔트를 유나기의 붉은 머리카락이 어루만졌다.

지면에 닿을락 말락 한 위치에서 유나기를 왼팔에 끌어안은 스크램블은 흡사 미국 만화에 나오는 히어로 같은 과감함으로 두 사람을 구출해, 옥상으로 돌아왔다. 망토처럼 파카의 후드를 나부끼며.

가쁜히 착지한 그녀의 얼굴에 더 이상의 망설임은 없었다.

눈물과 콧물로 엉망이 된 얼굴로, 소녀에게 어울리는 만면에 미소를 띤 채, 모든 이의 계획을 망쳐놓았다.

그렇게 해서 그녀는 그녀의 소원을 이뤘다. 미츠루기의 말을 어기고 미츠루기를 구했다. 다른 누구도 아닌 자기 자신을 위해.

신비한 상자의 힘을 조금 써서 실은 인간다운 감정으로. 스크램블은 그 자리에 있던 전원의 목숨을 구했다.

"……헤헷."

스크램블은 앞으로 좀 더 소녀답게, 제멋대로 살아갈 수 있을 듯했다.

　　　　　　　　　◆

　스크램블은 마시로와 유나기를 놓는다.

　마시로는 다시 스크램블을 끌어안았다.

　"우왁!"

　강하고, 억세게, 쭉 놓지 않겠다는 기세로.

　"······괜찮아. 당신은 살아 있어도, 돼······."

　흰옷에 눈물과 콧물 얼룩이 생기는 것도 아랑곳하지 않고. 떨릴 듯한 목소리를 다듬으며, 마시로는 스크램블의 둥그런 머리를 부드럽게 쓰다듬었다.

　어제 찔러 죽이려고 했다는 것 따위는 다 잊고.

　"나는 당신이······ 살았으면 해."

　마음과 행동이 제대로 이어졌을 때, 마시로의 목소리는 항상 무척 다정하다.

　"··········흐, 흐에에에엥!!"

　익숙지 않은 다정함에 감싸여, 스크램블의 표정은 다시 훅 바뀌었다.

　　　　　　　　　◆

　"······제길······. 윽!"

　어금니를 으득 갈면서, 히무로 나츠메는 그 자리에서 무너져

내렸다. 흰 손이 움켜쥔 흙먼지는 너무도 쉽게 바람에 날려갔다.

"……잘될 예정이었는데……! 내 희생으로, 히어로가 완성될 예정이었는데……!"

소리치며 내뱉고 싶은 패배감을 꾹 참으며 히무로는 떨었다.

그런 그 옆에서 치켜 올라간 삼각형의 눈썹을 늘어뜨리며, 엑센트릭 박스는 무릎을 굽혔다.

옆을 지나가는 유나기를 힐끗 본다. 맞은편에서 그야말로 인간다운 감정을 드러내고 있는 또 하나의 엑센트릭 박스를 멍하니 바라보면서, 그녀는 울적하게 중얼거렸다.

"2분이에요."

"…………알아."

한숨. 그리고 공기를 들이마셨다.

히무로는 쓱쓱 원통함의 눈물을 닦아내며, 평소처럼 엑센트릭 박스 쪽으로 입술을 삐쭉인다.

악당 말고는 될 수 없는 소년의 얼굴은 씰룩였고, 지금은 흘러 내릴 듯한 콧물을 감추는 게 고작인 듯했다.

정말 구제 불능인 인간이라고, 엑센트릭 박스는 생각했다.

늘 강한 척만 하는, 나약한 사람.

허세만 부리지 위세도 없는 사람.

"…………어쩔 수 없는 사람이네요."

──왜? 그렇게 묻자 엑센트릭 박스는 순간적으로 말문이 막혔다.

그 움직임은 남의 것을 보고 따라 한 것이었지만, 애초에 왜 흉

내 내려고 한 것인지—— 그걸 잘 설명할 수 없을 듯했다.

어색하게 히무로의 어깨를 안고 툭툭. 가늘고 희고 작은 손으로, 마치 뭔가를 확인하는 것처럼 엑센트릭 박스는 주인의 머리를 쓰다듬었다.

그 모습은 마치, 영리한 고양이가 머뭇머뭇 유리 조각을 건드리는 듯했다.

"윽……!"

귓가에 히무로가 혀를 차며 코를 훌쩍이는 소리가 들린다.

"……무슨 생각이야?"

"모르겠어요. 그냥 왠지, 이러고 싶어졌어요."

"…………행동의 이유도 설명할 수 없다니. 네가 기계냐?"

"……그럴지도 몰라요. 저는 인간의 마음을 아직 모르겠어요. 스크램블의 제멋대로인 행동도 이해할 수 없고요. 하지만…… 어째서일까요? 히무로 님의 우스꽝스러운 투견 같은 꼴을 보니, 이러고 싶어졌어요. 명령받은 것도 아닌데."

"……날 바보 취급하는 거야?"

"아니요. 적어도 바보는 아니에요."

"글쎄다."

"히무로 님."

"왜?"

"저는…… 당신이 죽길 바라지 않는 걸지도 몰라요."

"요소를 얻어 인간에 가까워질 수 없으니까?"

"모르겠어요."

"……그게 뭐야."

히무로는 신비했다.

아직 대가를 건네지는 않았는데. 엑센트릭 박스는 조금 뭔가 달라진 듯했다.

"……성장 같은 말, 하지 마."

멋대로, 혼자서, 자연스레.

어린 소녀의 모습을 한 그녀가 성숙해 보였다.

희생물이 달라진 만큼 엑센트릭 박스도 달라진다.

절대적이었을, 그런 룰을 부수고.

◆

키의 절반 정도밖에 안 되는 소녀의 부축을 잃은 미츠루기 노오토는 가늘고 가쁜 숨을 쉬면서 쓰러져 있었다. 몸을 작게 웅크리고, 터져나갈 듯한 심장을 억눌렀다.

그렇게 널브러진 미츠루기 앞에 선 유나기는 그를 내려다본다.

세상의 모든 연민을 전부 담은 듯한 길게 찢어진 눈. 그 아래에는 인간의 업보보다 깊은 다크서클이 있다.

"아니——, 그나저나 뭐라고 할까. 객관적으로 본 네 호감도 같은 건 모두 최저 수치겠지."

바로 조금 전까지 목숨이 저울에 얹혀 있었는데, 유나기는 평소와 다를 바 없이 무신경하게 독설을 내뱉었다.

그런 그녀 앞에 엎드리며 미츠루기는 힘없이 쓰게 웃었다.

"에스퍼예요?"

"에스퍼라."

유나기는 초췌한 미소로 답한다.

"이웃 군이 이렇게 괴로워하는 모습은 아무래도 상상하기 어려웠는데……, 왠지 동하네."

"좀 봐주세요."

"그렇게 나를 올려다보다니. 속옷이라도 엿보는 거야? 발칙하긴."

"바지잖아요."

"후후훗."

색기와는 연이 없는 남색. 아침 해를 잊었던 살이 그 아래에서 반들거리며 빛나고 있다.

"아직도 죽고 싶어?"

"네."

"그래. 나도야."

유나기는 다리에 묻은 모래알을 털어낸다. 그리고 깨끗해진 흰 발끝으로 미츠루기의 턱을 가볍게 들어 올렸다.

"자신이라는 모순을 지워 관계를 바로잡는다. 아주 깨끗하고 기분 좋은 사고방식이라고 봐."

"고맙습니다. 이웃 씨가 그렇게 말해 주니 조금 호흡이 진정되는 것 같네요."

"그렇다지만 소녀를 울린 시점에서 이웃 군은 세계 규모급 대죄인이야. 나는 어린 소녀를 싫어하니까 별 상관없지만."

"……왜요?"

"하지만 시끄럽잖아. 매사에."

유나기는 코를 잡고 코로 숨을 내쉬었다. 변성기 전에 오는 요란한 노이즈를 머릿속에서 떨쳐냈다.

미츠루기는 다리에 턱을 올린 채로 한 번 더 전하듯 물었다.

"이웃 씨는 왜 스크램블에게 그런 말을 한 건가요?"

유나기만은 죽음에 대해 긍정적이었을 텐데, 그리고 스크램블을 싫어했을 텐데.

유나기는 그 자리에서 스크램블에게 삶을 설명하고, 자기가 바란 죽음을 맞기보다 그녀를 구하는 길을 택했다.

그 이유를 미츠루기로서는 알 수 없었다.

"응? 아아. 나는 죽음으로써 너에게 영원을 남기고 기분 좋게 떠나려 했는데. 아무래도 미련이 하나 남아서."

"미련?"

"알겠어?"

"모르겠어요."

이거 원, 하고 유나기는 미츠루기의 머리를 높게 들어 올렸다.

몸을 일으켜 무릎을 한데 모은 미츠루기를 바라보며 말한다.

"너야, 이웃 군."

물음표를 띄우는 미츠루기의 모습이 날카로운, 흐리멍덩한 눈에 들어온다.

발목뼈를 돌려 뚝뚝 소리를 내며 그녀는 말을 이었다.

"그만큼 불쾌하던 이웃 군이 갑자기 기분 좋은 말만 꺼내니까,

왠지 공연히 화가 나서."

"……저는……, 그만 사라지고 싶어요……."

"그거야. 꼭 자신이 이 세계가 품은 일그러짐의 상징이라는 듯한 얼굴. 자신이 사라지면 모든 게 바로 잡힐 것이라고 자부하고, 자신의 정의가 정의로 통용되리라고 생각하는 것. 예를 들면 독점욕을 동반하는 사랑이 성애가 되고, 예를 들면 죽음으로만 의미를 발견할 수 있는 인간이 살아갈 희망을 가질 거라고 보는 거잖아."

"……네."

"그런 건, 전부 이웃 군의 선입견이야. 이웃 군이 사라지더라도 누군가의 감정은 멋대로 폭주해 누군가를 상처 입힐 거고, 예를 들면 나는 이웃 군이 있든 없든 어차피 죽음에 이끌릴 거야."

"……그래도 저는 이분자예요. 저는 이제, 정말 단순한 고집쟁이지만, 아무에게도 영향을 주고 싶지 않아요. 저 때문에 누군가가 변하는 게 싫어요. 못 참겠어요."

"그러니까 변하지 않는대도. 뭘 모르는 녀석이네, 이웃 군은."

"이해할 만한 마음이 없으니까요."

"그렇다 쳐도 말이야. 이웃 군은 선입관의 담요를 두르면 자기는 따뜻해서 *기분* 좋겠지."

"……무슨 말을 하고 싶은 거예요?"

"요소? 감정? 마음? 그걸 잃어버린 게 뭐. 잃어버렸으면 다시 만들면 그만이잖아."

미츠루기의 결실 없는 말이 멎었다.

"잃어버렸으면 그걸로 끝. 준 것은 돌아오지 않는다. 그런 물적 거래를 하자는 게 아니잖아? 이번 기회에 예술가로서 어필하자면 그림과 같아. 화구는 쓰면 줄어들지만 그림에 녹여낸 감성은 무한하게 샘솟잖아. 그런 것들과 제대로 마주하느냐 아니냐의 문제 아닐까?"

"…………궤변이에요."

그런 건 궤변이다. 실제로 자신은 계속 요소를 잃고 있다. 스크램블이 인간다워질수록 자신에게서는 인간미가 사라져 간다.

그렇게, 미츠루기는 생각하고 있었다.

자신의 마음이 둔하고 무거운 것은 엑센트릭 박스의 힘을 쓴 탓이라고.

"마음을 잃는다는 게 어떤 상태인지 파악하기는 분명 어렵겠지. 하지만…… 정말 마음을 잃으면…… 그냥 빈껍데기가 되어버리면……."

유나기는 말한다. 막연한 확신 비슷한 것을 가지고.

그 한마디는 마치 진상의 탄환처럼, 미츠루기가 간직한 불감증의 뇌수를 관통했다.

"이웃 군처럼…… 즉, 인간처럼 남의 움직임에 자신은 어떻게 움직여야 하나——. 그런 타산은 할 수 없지 않을까?"

"——!!"

미츠루기는 히무로의 행동을 간파하고 있었다.

서로 망가진 것들끼리, 사고를 파악하기는 쉽다고.

——하지만 유나기의 말이 옳다.

상대가 이렇게 움직이기에 자신은 이렇게 한다.

그런 사고방식은 이미, 그것 자체가 타산적이었다.

맨 처음 잃었을 타산이라는 요소가 미츠루기의 행동에 내포되어 있었다.

"……그런……, 그럴 리가……!"

최소 가치이기에 자기 이외의 것을 소중히 여겼다.

자신을 죽이도록 스크램블의 도주로를 막았다.

타산이다. 타산이었다.

잃어버렸을── 엑센트릭 박스에게 수납되었을 타산적인 감정을 어째서인지 미츠루기는 아직 가지고 있었다.

"…………그래도, 나는……!"

인정할 수는 없었다.

인정하면, 자신이 한── 보통은 용서받지 못할 것까지 인정해야 할 듯했다.

엑센트릭 박스를 쓰든 말든 상관없다. 유나기가 그런 것처럼 ── 미츠루기 노오토가 '원래 이런 인간이었다.'라는 건 인정할 수 없었다.

그렇기에 이미, 그것은 도피였다.

"아아, 정말!"

유나기는 미츠루기의 턱을 있는 힘껏 걷어찼다. 축구선수도 반해버릴 완벽한 폼이었다.

찢어진 입술에서 가느다란 핏방울이 튀었다.

맑은 하늘 쪽으로 튄 피는 옥상의 흙먼지와 함께 유나기의 흰

발에 떨어졌고, 그것들을 붉게 물들였다.

"내가 보기에 이웃 군은 이웃 군이 생각하는 것만큼 이상하지 않아! 다만, 전까지는 괴짜에 남을 돕고 싶어 하는 기분 나쁜 인간이었는데 지금은 기분 좋은 죽음에 도취해 있을 뿐이지. 그래서 나는 굳이 따지자면 기분 나쁜 이웃 군 쪽이 본질이라고 생각해."

죽은 사람마저 녹여 버릴 듯한 아침 햇살로부터 눈을 돌리며, 하염없이 어둠 속에 웅크려 있는 미츠루기에게 유나기는 말했다. 입꼬리를 타고 흐르는 같은 통증을 뱉어 버리듯이.

"꼬맹이와 목숨을 걸고 벌인 승부에서 이웃 군이 진 거야. 이제 혼자 멋대로 사라질 수 없어. 그럼 우선 살고 싶은 이유라도 찾아 보면 되겠지."

"……그런 건, 저한테는 더 없어요……."

"그럼 우선 줄게. 꼬맹이와 그렇게 약속했으니까."

유나기가 미츠루기의 멱살을 잡고 강제로 얼굴을 끌어당겼다.

"……그런 걸, 대체 어떻게……."

"이렇게."

말보다 빠르게 유나기는 미츠루기에게 키스했다.

스크램블이 등을 돌리며 울고 마시로가 눈을 감은 채 머리를 쓰다듬고, 히무로와 엑센트릭 박스가 서로를 바라보고 있을 때, 그녀는 불시에 키스를 해왔다.

서로의 피와 피가 입안에서 뒤엉켰다.

"…………."

영원 같던 순간이 미츠루기 안에 무언가를 불어넣었다.

유나기가 입술을 뗐을 때, 미츠루기를 괴롭히던 마음의 삐걱거림은 사라진 뒤였다.

"…………무슨 생각을 하는 거예요?"

"…………무슨 생각일 거 같아?"

유나기는 더할 나위 없이 우습다는 듯 웃고 있었다. 치켜 올라간 눈을 가늘게 내리뜬 채 입꼬리에서 흘러내린 피를 소매로 닦으면서.

"…………혹시 좋아하는 건가요?"

"완벽한 정답이야."

애정을 들이붓는 그녀의 감정을 일방적으로 이해한 순간, 모든 것이 결착했다.

"내가 특별히, 네가 죽을 수 없는 이유가 되어 줄게."

아주 살짝 부끄러운 듯 갈팡질팡한 시선 쪽에서 붉은 머리카락이 흘러내린다.

──유나기는 한 번 더 미츠루기와 키스했다. 이번에는 더 알기 쉽게 애정을 표현하며.

서로 혀를 포개자, 엑센트릭 박스에 의해 모든 것이 끼워 맞춰졌다.

일련의 소동을 잊은 유나기는 한 번 더 눈앞에 있는 미츠루기에게 첫눈에 반했다.

"……갑자기 키스하다니. 참 나……, 이웃 군은 불쾌한 사람이네."

그렇게 초췌하지만 아주 아름다운 얼굴로 웃으면서.

"나는 죽음으로써 너의 영원이 되고 싶었는데……, 참 나. 하는 수 없지."

유나기는 귓가에 대고 속삭였다. 더할 나위 없이 감미로우며, 희미한 희망이 깃든 다정한 말을.

"책임지고 또 내가 죽고 싶어지기 전까지는 우선 내가 살아갈 이유가 되어줘야겠어, 이웃 군."

신비한 매력을 가진 사람이라고, 미츠루기는 생각했다.

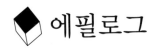

에필로그

이지러진 달을 멍하니 올려다보면서 미츠루기는 그 후의 일을 생각했다.

——그 후로.

히무로는 '두고 봐!'라는 전형적인 말을 남기고 돌아갔다. 평범하게 계단으로. 입방체로 돌아간 엑센트릭 박스를 움켜쥐면서.

아무래도 히무로는 아직 미츠루기에게 집착을 품고 있는 모양이다.

한번 이상화한 히어로상을 근본적으로 뒤집을 생각은 없는 듯하다.

아무리 망가져 보여도, 아무래도, 미츠루기 노오토라는 인간은 히무로에게 자신이 될 수 없는 존재이자 동경의 대상이겠지.

"……민폐라니까."

군청색으로 물든 하늘에서 깜빡이는 자그마한 별이 히무로의 거슬리는 미소 같아 보였다.

마시로는 여전히 미츠루기를 기억하지 못했다.

그건 어쩔 수 없는 일이니, 그거면 된다고 미츠루기는 생각한다.

끼이이, 하고. 아래쪽에서 자전거를 세우는 소리가 났다. 마침 마시로가 동아리 활동을 마치고 돌아온 참이었다.

마시로는 자신을 내려다보는 미츠루기를 발견하지 못한 채, 충실한 피로감을 품은 채 맨션 안으로 들어갔다. 그녀의 그런 얼굴을 미츠루기는 꽤 오랜만에 본 듯했다.

"……마시로."

미츠루기는 알아차리고 있었다.

자신과 사귀었을 무렵의 마시로가, 자주 동아리 활동을 하다 슬쩍 빠져나오거나 아예 빠졌다는 것을. 그 이유가 대체 누구에게 있는지 모르는 척했을 뿐이다.

미츠루기는 사랑받는다는 사실에 어리광을 부리고 있었다.

자신이라는 존재를 다시 정리해 보면, 거기에도 타산적인 감정은 있었다.

여러 사실에, 자신은 보이는데도 보이지 않는 척했을 뿐이다. 이건 유나기가 해준 말이다.

그러니까 서로의 관계는 언젠가 끊어져야 했을 것이라고 미츠루기는 생각한다. 다만 그건 역시 미츠루기의 고집이자, 배려심 없는 일방적인 견해였고. 마시로가 미츠루기를 기억했더라면 어떤 이유를 대서라도 결코 그것을 받아들이지 않았겠지.

스크램블을 죽여서라도 계속 인연을 유지하려고 했던 것처럼.

마시로 세츠미는 추억을 잊은 지금도 미츠루기 노오토를 어렴풋이 좋아하고 있다. 정말이지 죄 많은 남자다. 이것 역시 유나기가 해준 말이다.

앞으로 어떤 계기를 통해 마시로와 미츠루기는 다시 가까워질지도 모른다.

"그때 나는…… 어떻게 할까?"

날개 달린 철판은 여전히 여름의 밤하늘을 망치며 날고 있다.

스크램블은 쿨———, 쿠울—— 이었다.

아무래도 계속 인간형을 유지하는 건 나름의 체력을 소모하는 듯하다. 체력이라고 해도 희생물에게서 받은 피로감과는 연관이 없다.

엑센트릭 박스는 엑센트릭 박스의 개념으로 체력을 소모하고 졸음을 느낀다. 즉 상자형으로 돌아가고 싶어진다. 그러니까 그것은 피로를 모르는 히무로의 상자도 예외는 아니다.

옥상에서 내려와 방으로 돌아온 스크램블은 바로 침대 위에서 네모나게 변했고 잠잠해졌다.

다만 그 전에 딱 한 마디, 졸린 눈을 비비면서 확고한 의지를 갖고 선언했다.

'이제 노오토에게 힘은 안 줄 거야——!'라고.

그렇게 되면 앞으로 그녀와 지낼 방법을 생각해야만 했다.

미츠루기는 이제 『카미시로』의 힘을 쓸 수 없다. 자신을 구성하는 요소를 내어줄 수 없다. 많은 것이 누락된 채로 계속 살아가는 모자란 인간이 되었다.

스크램블 역시 그냥 기묘한 상자가 되었다. 인간으로서 말도 할 수 있는, 초등학생 같은 상자. 어쩌면 상자 같은 초등학생일지도 모르겠다.

——초등학생과 한 지붕 아래서 산다.

이건 여러모로 위험하다는 느낌이 들었다.

"역시 소녀 취향이었나? 실망이야, 이웃 군."

난간을 사이에 둔 옆집에는 어느새 유나기가 서 있었다.

늘 입는 트레이닝복. 늘 달고 있는 다크서클. 늘 그렇듯 죽은 물고기 같은 눈. 하지만 평소보다 어쩐지 즐거워 보이는 그녀의 뺨에는 오렌지색 물감이 묻어 있다.

"묻었어요."

자신의 뺨을 찌르며 알려주는 미츠루기다.

"응——? 뭐가?"

하는 수 없이 다가가 손짓한다. 몸을 돌려 가까이 온 유나기의 뺨을 손가락으로 닦아냈다.

아직 묻은 지 얼마 되지 않은 염료가 유나기의 뺨에서 번졌다.

"앗."

자신의 손가락과 유나기의 얼굴을 번갈아 바라보는 미츠루기의 모습에, 유나기는 일부러인 양 얼굴을 찡그렸다.

"……죄송해요."

"됐어. 공유할 게 있는 편이 더 낫지. 그게 더러움이라도 말이야."

후후훗, 하고 그녀는 목을 울리며 웃는다.

"그림은, 완성했나요?"

"그래. 마침 다시 채색을 마친 참이야."

——그 후로.

유나기는 아무 일도 없었다는 듯한 얼굴로 자기 집으로 돌아가 일심불란 하게 작업에 몰두했다.

지금이라면 조금은 제대로 된 그림을 그릴 수 있을 듯했다. 그렇게 생각했기에.

"이웃 씨의 트레이닝복은 작업복이었군요."

"아니. 그림을 그릴 때는 알몸인데?"

아무렇지 않게 유나기는 말한다. 그녀의 손에 늘 들려 있던 담배는 없었다.

"농담하는 거죠?"

"농담 같아?"

침묵이 내려 든다.

"아, 그게 뭐야. 정말, 이웃 군은 변태네."

"뭐가요?"

"빨개졌는데?"

"달 때문이에요."

"기분 나빠, 참 나."

유나기는 즐거운 듯 웃고 있었다.

한편 미츠루기는 면목이 없다는 듯 시선을 떨어뜨렸다.

"……이웃 씨는 그렇게 말해 줬지만, 저는 역시 이제 좋아한다거나 뭐 그런 감정을 모르겠어요."

몰랐던 모순을 알게 된 후로, 이제 완전히 복구가 안 될 정도로 자기 마음이 망가졌다고 생각하지는 않지만.

좋아한다는 게 무엇인지. 자신은 과연 지금 유나기를 좋아하는지. 과거의 자신은 어땠는지. 아직 미츠루기로서는 알 수도, 떠올릴 수도 없었다.

"그런 건, 나도 지금껏 한 번도 이해한 적이 없어."

유나기는 빨갛게 부은 오른발을 난간 너머로 팽개쳤다.

밤의 어둠과 멀리서 빛나는 희미한 가로등 사이에서, 가는 다리가 신나게 궤적을 그린다.

"하지만 뭐, 같이 죽을 상대라면 이웃 군이 좋겠다고 생각 중이야."

"그게 뭐예요?"

"내 나름의 애정 표현이야."

"좋아한다는 게 뭔지도 모르는데?"

"좋아하는 게 아니더라도 사랑할 순 있어."

"발의 부종, 낫게 해드릴까요?"

"됐어. 할 거면 이웃 군의 부서진 턱이나 치료해."

"부서졌으면 말도 못 해요. 말로 한다고 뭐든 사실이 되는 게 아니거든요?"

어디까지가 진심이고, 어디까지가 농담인지.

미츠루기로서는 아직 유나기를 잘 모르겠다.

"저기, 이웃 군."

"왜요?"

유나기는 멍하니 먼 곳을 바라보면서, 이마에 허무한 그림자를 드리운 채 중얼거렸다.

"……나랑 같이 죽어 줄래?"

미츠루기의 깊은 한숨이 밤 너머로 사라져 간다.

"싫어요."

그렇게 해서 둘은—— 달을 올려다보며 중얼거린다.

"이웃 씨가 죽으려고 하면, 저는 또 멋대로 구할 거예요."

"후후훗. 이웃 군에게 도움을 받은 기억이 없는데."

그와 그녀의 거리감에서 자아낸 말은 마치 모든 것이 물거품 같았다.

"참 나, 정말. 나나 너나…… 기분 나빠."

두 사람은 보름달보다 덜 찬 달을 더 마음 놓고 볼 수 있었다.

거기에 아주 조금 자신을 겹쳐 보면서.

유나기의 방에는 구도를 잃고 더러워진 한 장의 그림이 있었다.

미덥지 않은 달빛 아래, 불안정한 어둠 속에서 핀 한 송이 흰꽃. 여러 장의 꽃잎을 어둠에 떨어뜨리는, 바람만 불어도 쉽게 꺾여 날아가 버릴 듯한 꽃. 언제 시들지도, 애초에 시들 때까지 피어 있을 수 있을지도 모르는 취약한 꽃 한 송이.

어제의 깨끗하고 예쁘기만 한 그림보다 그런 그림이 유나기에게는 훨씬 더 매력적이고 성실해 보였다.

옆방에서 스크램블의 목소리가 났다.

작가 후기

어릴 적. 저는 두 가지 망상에 사로잡혀 있었습니다.

"사실 나 이외의 사람들은 모두 우주인 아닐까?"라는 것과 "사실 나는 라이플총을 든 스나이퍼에게 목숨을 위협당하고 있는 게 아닐까?"라는 것입니다.

그래서 너무 인위적인 미소를 보여주면 매번 뒷걸음질 쳤고, 외출할 때는 가능한 한 뒤통수를 건축물 벽 쪽으로 돌리고 주변을 노려보면서 걸었습니다.

그러나 그건 망상이라는 주변의 설득에 조금씩 남과 같은 풍경을 보게 되었고, 곧 저는 세상을 노려보며 사는 것을 그만두었습니다.

받아들인 현실은 불안정한 망상보다 훨씬 안전하고. 분명하고. 신뢰가 갔고. 그럼에도 어째서인지 갑자기 세상이 전보다 퇴색하고── 퇴폐해 보인 건, 지금 생각해보면 그게 옳았던 것 같기도 합니다.

미간을 찡그리지 않게 된 순간, 아마 그때까지 특별했던 것을 잃은 것입니다.

사라진 것이 제 안에 있는 특별성인지 아니면 세상이 모깃소리처럼 한정된 인간에게만 발신하던 괴전파인지는 모르겠지만, 주변의 압력, 그리고 최종적으로는 저 자신의 결단으로 인해 현실은 조금씩 시시한 것으로 전락했습니다.

그런 일들이 연속되어 서서히 제 안에 있는 경계선 같은 것을 녹이며 얼버무렸고, 지금의 저로서는 더는 '아침'과 '낮'에서 시간 이상의 차이를 발견할 수 없습니다. 저라는 인간을 서서히 길들여 죽이려 하는 '현실'이나 '세상' 같은 이름의 주인에게 보여줄 최소한의 저항이 '만약 그때 지상에 발을 딛지 않았더라면……'이라는 유의 망상입니다.

위험하고 병집적(病執的)인 공상에서 스스로 발을 뺐을 텐데, 어느새 또 그 시절로 돌아가고 싶어 하고 있었던 거죠. 우주인은 물론이고 라이플총도 흔치 않은 이 평온한 땅에서 하늘을 올려다보며, 우주인이나 라이플총 같아 보이는 것을 찾은 셈입니다. 마치 유성이나 별자리를 찾는 것처럼.

예를 들자면 그런 이유로, 이 이야기가 완성된 듯합니다.

그러니까 비슷한 것을 경험하거나 생각한 적이 있는 분은 분명 뭔가를 느끼실 수 있을 테니 질서정연한 설명은 생략하겠지만, 아마 '자신이 품은 고독을 자각한 분'에게도 와닿는 게 있을 것이라고 봅니다. 또 본문을 읽기에 앞서 어디 보자, 하면서 훑어본 후기를 이 줄까지 끈기 있게 따라와 준 분께도.

저 나름의 라이트노벨을 썼습니다. 엔터테인먼트한 이야기입니다.

너무 경계하지 말고 즐겨 주시면 좋을 텐데.

과거에는 특별했던 분.

지금 특별한 것을 찾고 있는 분.

특별한 것이 딱히 떠오르지 않는 분에게도.

이 이야기가 조금이라도 오래 남아 준다면 기쁘겠습니다.

제로마니

MARUDE HITO DANA, LUCY Vol.1

©2017 Zeromani, Yukisame

First published in Japan in 2017 by KADOKAWA CORPORATION, Tokyo.

Korean translation rights arranged with KADOKAWA CORPORATION, Tokyo.

마치 인간 같아, 루시 1

2021년 1월 2일 1판 1쇄 발행

저　　　자 제로마니
일러스트 유키사메
옮 긴 이 고나현
발 행 인 유재옥
본 부 장 조병권
담당편집 정영길
편　　　집 김민지 김혜주 곽혜민 오준영 정영길 조찬희
디 자 인 김보라 서정원
라이츠담당 김슬비 한주원
디 지 털 박상섭 이성호 최서윤
발 행 처 ㈜소미미디어
제 작 처 코리아피앤피
등　　　록 제2015-000008호
주　　　소 서울시 마포구 토정로 222, 403호 (신수동, 한국출판콘텐츠센터)
판　　　매 ㈜소미미디어
마 케 팅 한민지 이주희
물　　　류 허석용
전　　　화 편집부 (070)4164-3962, 3963 기획실 (02)567-3388
　　　　　 판매 및 마케팅 (070)4165-6888 Fax (02)322-7665

ISBN 979-11-6507-933-8 (04830)
ISBN 979-11-6190-990-5 (세트)